GRIP

Eerste druk november 2011
Tweede druk november 2011
Derde druk december 2011
Vierde druk januari 2012
Vijfde druk februari 2012
Zesde druk maart 2012
Zevende druk maart 2012
Achtste druk juni 2012
Negende druk juli 2012
Tiende druk september 2012
Elfde druk oktober 2012
Twaalfde druk oktober 2012

Stephan Enter

Grip

Uitgeverij Van Oorschot
Amsterdam

Niets in het zingen der krekels
Verraadt hoe vlug ze sterven

Bashō (1644–1694)

Een

I

God, daar was hij dus. Paul van Woerden stond met geopende portemonnee voor de toonbank, keek toevallig langs de verkoopster naar buiten en zag hem voorbijkomen. Ja, hij was het, geen twijfel mogelijk; daar ging Vincent Voogd, behendigste aller alpinisten, na twintig jaar onmiddellijk herkenbaar. Nog steeds zo'n norse kop met van die rafelige bakkebaarden. Hij droeg een modieus visgraatjasje, trok een kleine koffer op wieltjes als een weerspannig hondje achter zich aan en hield een krant op ooghoogte voor zich uit. Hij was zo verdiept dat hij al lezend tegen iemand opbotste en – kon het sprekender – in plaats van zelf excuses te maken, ze zo te zien juist ontving.

Het winkelmeisje wikkelde zilverkleurig papier om Pauls aankoop, strikte er nog een glanzend lint omheen. Paul bedankte met een glimlach maar stuitte op de kersrode streep van haar mond. Hij pakte zijn rugtas, hees hem over een schouder en begaf zich de stationshal in.

Hij zag Vincent niet meteen; *Bruxelles Midi* was in een paar minuten tijd twee keer zo druk geworden. Overal was beweging, een dozijn verschillende talen gonsde door de ruimte, een troep scholieren belegerde een kraam met bedwelmend geurende wafels. Verderop, in de lage hal waar hij zo dadelijk naartoe moest, vormde zich een rij voor de incheckbalie – maar daar stond Vincent nog niet bij. Paul liep naar een open plek bij een kiosk en zette zijn tas voor zich neer. Het eigeleeiwitte *Eurostar*-logo straalde hem onopvallend tegemoet, in de lengte van het ondergrondse station blonken chocolaterieen, een slijterij, een koffiebar, een parfumerie en allerlei andere winkeltjes en hij kreeg een kortstondig visioen van een betoverde grot waarin alle gezichten verwachtingsvol stonden – elke reiziger liet hebben en houden achter en bereidde zich voor op de tocht naar het binnenste der aarde.

Zakkenrollers actief, schalde het door de hal. Let op uw bagage, *s'il vous plaît.* Paul roffelde zijn vingertoppen op het cadeau. Hij snoof zijn longen vol (wat heerlijk roken die wafels!), rekte zich in een poging over alles en iedereen heen te kijken en werd zich opeens bewust van zijn geestdrift, het geluksgevoel dat in hem opwelde. Hij lachte om zichzelf – dus zo weinig veranderde je uiteindelijk! Een glimp, een weerhaakje van de herinnering, en meteen liet hij zich weer door Vincent inpakken. Maar iedereen had zich destijds door Vincent laten inpakken – door zijn lef, en door het curieuze gemak waarmee hij alles relativeerde, inclusief zichzelf; want Vincent wist heel goed van zichzelf dat hij een schaamteloze streber was, die graag liet zien wie het beste klom, het nauwkeurigst kon kaartlezen en het vlugst een tent opzette. Die ene keer – bij een staalglad stuwmeer in Wallis, waar ze een halfuur bleven hangen omdat Martin een kiezel negen keer op het water had laten stuiteren en Vincent pas verder wilde als hij zelf de tien haalde en niet doorhad dat het hele gezelschap hem een beetje stond uit te lachen. Achteraf vroeg je je af waarom niemand zich was gaan ergeren – maar je moest weten hoe Vincent was, je moest zijn ontwapenende jovialiteit hebben ondergaan.

Paul kreeg het warm, deed zijn regenjack uit, legde het over de tas. En, dacht hij met een mengeling van zelfspot en verlegenheid terwijl hij zichzelf terugzag bij dat meer (negentien of twintig, graatmager, neus en nek roodverbrand en zijn haar zongebleekt) – hoe intens had hij verlangd ook zo te zijn; te veranderen en Vincents gietijzeren mentaliteit te bezitten, in staat te zijn van alles de twijfel af te trekken en te vervangen door een laagje glinsterende overmoed. God, je kon jezelf toch alleen maar idioot vinden als je dacht aan hoe je was als student! Hoewel je nu ook zag dat het erbij hoorde, bij die zichzelf in de staart bijtende leeftijd – zo krampachtig als je elk tekort in je persoonlijkheid verhulde en corrigeerde! Maar dit, dacht hij terwijl hij weer rondkeek en alle talen door elkaar hoorde en het mierzoete aroma van wafels opsnoof, dit veranderde dan toch wel als je ouder werd – dat je je niet alles meer aantrok, dat het hooguit schampte wat een ander van je dacht. En was het achteraf geen wonder dat je er met zo weinig benul niet een grotere puinhoop van had gemaakt? Maar kijk, daar was Vincent opnieuw – daar kwam hij aangeslenterd, tikte losjes de krant tegen zijn been en bekeek met zijn hoofd in zijn nek en kritisch geprononceerde onderlip de irrelevante vertrektijden van lokale treinen op de borden onder het plafond van de hal.

Paul pakte zijn spullen en liep op hem toe. 'Wel!' zei hij – wat raar was want zo begroette hij nooit iemand, het kwam bovendien luider uit zijn mond dan hij bedoelde. En uit het niets sprong de herinnering dat hun allereerste ontmoeting was begonnen met Vincents vraag of 'die gleuf' in zijn kin erfelijk was. Hij klemde het pakje onder zijn oksel en stak zijn arm uit. Vincent keek verbaasd, schudde zijn hand zonder veel kracht. Nu hij voor hem stond (ze waren precies even lang) zag Paul pas goed hoezeer Vincent dezelfde was gebleven. Ja, haast identiek, dacht hij. En hoe kwam alles nu weer boven! – de eerste indruk van stugheid en zwijgzaamheid, en dan dat onwillekeurige gevoel bevoorrecht te zijn (het was bijna dankbaarheid) wanneer Vincent je als vanzelfsprekend ergens bij betrok. Er waaierden wat rimpels rond Vincents ogen, de gelaatstrekken waren misschien verscherpt – maar zijn huid bezat een oergezonde kleur; er lag zelfs een blos op zijn wangen. Ook niet het geringste spoor dat hij kaal of grijs werd. Ja, wonderlijk – zo kaarsrecht als hij hier weer stond, de onversneden wilskracht die hij uitstraalde.

'Je wist toch dat ik kwam?' vroeg Paul opgewekt.

'Ik wist niks,' zei Vincent. 'Nou ja – dacht dat je misschien het vliegtuig nam.' Hij keek naar Pauls cadeau.

'Koffie!' zei Paul. 'Exclusieve, als ik het mag geloven. Kon niks anders verzinnen maar dit lijkt me wel geschikt als Martin zo graag zijn belofte nakomt.'

Vincent knikte, met het begin van een grijns. Want uiteraard was hij niet kwijt hoe Martin elke ochtend als eerste zijn tent openritste en met ambtelijk elan iedereen wekte, de dag plande en een pot koffie zette, zo giftig sterk dat je maag ineenkromp.

'Heb jij iets?' vroeg Paul.

Vincent knikte. Een fles Japanse whisky, op z'n Japans ingepakt. 'En daar,' voegde hij toe, 'valt niet mee te spotten. Schijnt een hele kunst te zijn – hoewel Japanners vroeg of laat alles tot kunst verklaren, inclusief zichzelf.' Om zijn eigenaardig brede mond hing nog steeds dat trekje dat onberekenbaarheid en avontuur suggereerde. Tegelijkertijd had zijn blik iets vermoeids; hij was natuurlijk vroeg opgestaan om de trein naar Brussel te halen. Paul realiseerde zich dat Vincent al een jaar of vijf op een meteorologisch instituut in Tokyo werkte maar dat hem nog steeds niet duidelijk was wat hij daar nu precies deed. Er was een tijdlang weinig contact geweest, pas sinds enkele maanden mailden ze weer regelmatig. In zijn laatste bericht had Vincent nonchalant aangekondigd ook naar Martin te gaan – hij ging zijn ouders in Zeeland bezoeken en was dus 'toch al in de buurt'. En hij had daarbij aangegeven welke trein hij nam. Was dat geen duidelijke suggestie samen te reizen? Het had Paul over de streep getrokken – want hij had geaarzeld; hij was tot dat moment weliswaar nieuwsgierig geweest naar hoe het de anderen was vergaan, maar Martins uitnodiging had hem ook verrast.

'Wel!' zei Paul opnieuw – en hij hoorde zichzelf. Maar het viel niet te stoppen. Nu gebaarde hij richting incheckbalie en douane en zei plechtstatig: 'Als mijnheer Voogd geen bezwaar heeft?'

Ze voegden zich bij andere wachtenden. Het bezoek aan zijn ouders, vertelde Vincent toen Paul hem ernaar vroeg, had een paar dagen te lang geduurd. Hij sprak hoofdzakelijk met zijn moeder omdat zijn vader te doof werd, en zij wilde steeds maar weten wanneer hij met een Japanse trouwde. Ze had gelezen dat negen op de tien Europeanen daar dat deden, en beschouwde ongehuwd blijven als de grootste ramp die een mens kon treffen. Paul lachte maar het kostte moeite te luisteren; Vincent leek opeens te levend om zich gelijktijdig in diepe vertakkingen van zijn geheugen te bevinden. Het was die stem, de manier waarop hij sprak: vriendelijk hautain en ondermijnend, alsof alles wat hij over een ander zei ook over jou gezegd kon worden – het klonk onwaarschijnlijk bekend; wanneer iemand destijds dat toontje opzette wist je dat hij Vincent imiteerde en even, met een gevoel of hij wakker schrok, kreeg hij die Vincent ook daadwerkelijk voor zich – midden in zijn studentenkamer, grasgroen boek in zijn uitgestoken hand getiteld *Beter omgaan met kinderen* en die stem, droog: 'Geloof me, precies zo werkt het met meisjes.' En nu breidde het zich uit naar hoe Vincent zich bewoog: zo'n beetje stram en veel ruimte gebruikend alsof hij zich geen raad wist met zijn ledematen – wat de indruk die hij als alpinist maakte enorm vergrootte, want hij klom als een gekko. Vincent had (hij sprak over zijn schouder terwijl hij met zijn armen gespreid door een beambte werd gefouilleerd) via een collega een nieuw appartement aangeboden gekregen, landelijker hoewel nog steeds in de stad. Maar, zei hij, je kon je eigenlijk geen voorstelling van Tokyo maken als je er niet zelf had rondgelopen. Het contact met collega's bleef bizar, het lukte hem nooit door die belachelijke hiërarchieën te breken en als hij eerlijk was moest hij toegeven dat al zijn kennissen daar expats waren. Paul pakte zijn horloge van de lopende band, schudde zijn pols nadat hij het weer had omgedaan.

'Jezus,' zei Vincent, 'is dat nog steeds dat horloge met die barst?'

Paul knikte, met enige trots. En ook zo'n opmerking nestelde zich vertrouwd en comfortabel in zijn oor en nu – daaraan had hij in geen vijftien jaar gedacht – viel hem in dat Vincent de gewoonte had met één hand vliegen uit de lucht te grijpen en ze zo hard op een tafelblad of platte steen te gooien dat ze dood bleven liggen.

Ze liepen langs de trein. Paul telde de rijtuigen, hoorde stappen op het plaveisel, regelmatig als de tik van een klok. We gaan op weg, we gaan op weg. Hij keek – al die mensen die met wijdopen ogen hun ticket bestudeerden, of monter vanaf een balkon omlaag reikten en bagage aanpakten, of diep inhalerend nog een sigaret rookten. Hoe opgetogen en geëlektriseerd was alles! Alles suisde, alles ademde energie – en dit was de essentie van grote stations overal in Europa; zo gloeiden ze in zijn voorstelling als stenen bijenkorven op, zo lagen ze in een web van stalen bloedvaten over continenten, hier ontsprong een hartslag die leven rond de wereld pompte. Het schoot hem hardop te binnen dat het niet nodig was je aan de reservering te houden. 'Martin mailde dat nog,' zei hij. 'Trucje van de maatschappij – alle passagiers in de voorste vier rijtuigen zodat het personeel kalmaan kan doen.'

Vincent leek hem niet te horen; hij had zijn hand in zijn broekzak gestoken en haalde die weer te voorschijn, opende hem. In de handpalm lag een druppelvormige, lichtgrijze kiezel. Zonder er echt naar te kijken, liet Vincent de steen een paar keer tussen zijn vingers rondgaan en stopte hem toen weer terug. En op hetzelfde moment, een knop van geluk opende zich in zijn borst, overviel Paul een herinnering aan andere keren, alle andere keren, dat ze zo op een zonovergoten ochtend hun tassen langs de rijtuigen van een wachtende trein hadden gesjouwd, aan het begin van een paar prachtige weken.

Dus zo was het om elkaar terug te zien! Grillig, gefragmenteerd als de blik in een gesprongen spiegel – met haarscherpe splinters en blinde vlakken. En had Vincent altijd dit verstrooide maar zat dat vroeger door zijn onverzettelijkheid gemengd? Nu weerhield het Paul – om van alles te vragen en zich te koesteren in een behaaglijke, samenzweerderige ironie. Maar Vincent vroeg ook niets. En wat als ze elkaar verder niks te vertellen hadden en elk gesprek op gang moesten trekken met een oude anekdote? – dat moest dan maar. Ja, dat moest; want deze dag werd hoe dan ook een succes.

'Wat was je trouwens aan het lezen?' vroeg hij.

'Wat?'

'Ik zag je daarginds al langskomen – wat staat er voor boeiends in de krant dat je zomaar tegen iemand oploopt?'

Vincent bleef abrupt staan. Hij keek Paul aan, zijn mond niet helemaal gesloten. 'De schooiers,' zei hij verbaasd. 'Let jij op?' En hij had zijn koffer al neergezet en liep met grote passen terug naar de douane.

'Laat toch,' riep Paul hem na. 'We hebben een paar minuten. Je kunt niet zomaar de volgende nemen!'

Maar hij riep het zonder overtuiging, en geamuseerd. Dit was niet verrassend, het was Vincent ten voeten uit. Dit was Vincents kern, of zijn idee van leven – want hij geloofde altijd dat je de dingen kon bezweren: een overstap van vier minuten waar een internationale reis op scharnierde of een richel die via je tenen je volle gewicht en bepakking verdroeg. Paul merkte dat hij kort had geslapen; een gaap zwol als een ballon tegen zijn verhemelte, hij smoorde hem in zijn vuist. Hij voelde zich licht in zijn hoofd. Hij wreef zijn hand langs zijn gladgeschoren wang en dacht aan zomer en bergen. Wat een gift, wat een raadsel hoe je al die tijd alles paraat had – maar er zelden naar omkeek, vluchtig soms als naar een foto die je eens van een vergezicht had gemaakt; en dat je herinnering bedolven raakte onder knisperende laagjes nieuwe gebeurtenissen, boordevol mensen en vakanties en boeken en oudjaarvieringen en omwentelingen in de wereld en dat nu, domweg door op Martins uitnodiging in te gaan en in een trein te stappen, een bries opstak die alle opgetaste tijd wegblies en je toonde dat het daaronder fris en levend bleek als twintig jaar geleden.

En dwars door een galmende mededeling in een lachwekkend soort Nederlands keerde ook de plotselinge gespannenheid terug waarmee hij vanochtend onder de douche was gestapt – want hij had een plan met deze dag. Nog zeven, acht voortsnellende uren, dan zou hij Lotte na veertien jaar terugzien. Was het echt veertien jaar, het huwelijk en het feest in dat ingewikkelde kasteelachtige huis van haar ouders, met alle klimmers erbij? Aan de telefoon was ze koel en scherp geweest, en net als vroeger had ze spottend gereageerd op zijn opgeruimdheid – hij herinnerde zich dat ze dan iets deed met haar gezicht, iets uit duizenden. Ze trok haar frons, was het dat? Nee – hij had haar vaak genoeg gezien zo, voor een hut in de bergen met een beker thee die ze met beide handen omklemde en waarin ze blies tot het lauw moest zijn. (Ze had opvallend lange, maar niet bijzonder elegante handen.) Hij kon zich haar gezicht goed voor de geest halen, haar steile donkerblonde haar; haar open lach waarbij haar rechte tanden half bloot kwamen – maar ze deed iets anders, misschien was hij de enige die het had opgemerkt. Of niet; Martin natuurlijk ook. In elk geval had hij eens, van afstand kijkend, bedacht dat je voor dat trekje viel of anders kreeg je ter plekke een hekel aan haar. Haar kin – dat was het. Ze trok haar kin met een heerszuchtig rukje scheef, van je weg, en vervolgens kauwde ze op de binnenkant van haar wang. Hij zag het voor zich – en nu verscheen ook de opvallende, niet zo fraaie rimpel boven haar neus. Maar daarmee was ze niet gevangen, er bleef altijd iets aan Lotte dat wegdwarrelde voor je fijnst afgestelde zintuig – iets achter een afgebroken zin, een onwillige lok die ze voor haar gezicht wegblies.

Daar kwam Vincent, de heroverde krant opgerold tot knuppel.

2

Een schok, en felgekleurde reclameborden en stoffige perronlampen schoven uit beeld. En daar was verblindend de zon, die achter huizenblokken en kantoren glipte en even vaak te voorschijn sprong en in de bochten wegdraaide en gloeiende linten door het rijtuig wierp – alsof hij zich bewust was van de mensheid, aandacht trok. En Paul kneep zijn ogen samen en volgde, deed mee. Hij had een plek bij het raam, de komende honderden kilometers trok de zon met hem op. Ja, zo gaat het, dacht hij; een wissel is omgezet, de stemming van vroeger schuift binnen en elke voorstelling die je tot een seconde voor de ontmoeting had, wordt overwoekerd door andere.

Het was zoals Martin had voorzien: alle passagiers op een kluitje. En omdat hij toen Vincent rechtstreeks naar zijn plek liep niet goed wist of hij moest herhalen dat die reservering niet heilig was, zaten ze nu schuin tegenover elkaar, met vreemden tussen hen in. Rechts naast Paul bestudeerde een vrouw in een gebloemde jurk de veiligheidsbrochure die op het uitklapbare tafeltje voor hen had gelegen; tegenover hem troonde een bejaard echtpaar van wie de zware, hoorbaar ademende man met enorme gevlekte handen een hoornen bril uit een koker viste en de eveneens bebrilde vrouw – alsof ze Pauls blik voelde – met een ruk een *Le Monde* als kamerscherm optrok. Hij keek naar Vincent, aan de andere kant van het gangpad. Hoe ouder je werd, dacht hij, hoe minder je begreep wat de mensen bewoog. Maar het voelde eigenlijk prettig niet meteen compleet op elkaars lip te zitten, en dat Vincent ingekeerd leek – ja, het kwam op de een of andere manier goed uit, want hij wilde opeens dat het als vroeger bleef, dat er nu even helemaal niets veranderde. Misschien kon hij zo ook beter zijn gedachten bij elkaar rapen; hij had nog geen duidelijk idee hoe hij het straks zou aanpakken. Hij zag hoe het pure ochtendlicht Vincents gezicht tot in de poriën blootlegde. Vincent mocht vermoeid zijn – zijn oogwit was kraakhelder, het blauw van zijn irissen lichtte zelfverzekerd op, zijn mond stond verbeten. En wat grappig, zo keurig als hij er goedbeschouwd bij liep. Precies zoals je je dat van Europeanen in Azië voorstelde – dat ze zich nog steeds een koloniaal air aanmaten. Paul had zoeven, toen Vincent voor hem op de treeplank stapte en soepel zijn koffer langs zich omhoogzwaaide, gezien dat hij dunne sokken droeg in zijn glimmende zwarte brogues en geroken dat hij een subtiel en ongetwijfeld duur geurtje op had. En was dan nergens een barst? Op Vincents hand die nu werktuiglijk naar zijn voorhoofd ging lagen de aderen haast los – maar, herinnerde hij zich een verzuchting van Lotte's moeder, alle alpinisten kregen 'lelijke apehanden'. Misschien was Vincent in geen tien jaar tegen een berg opgelopen – of zou hij juist nog actief klimmen? Dat was in geen van hun mailwisselingen ter sprake gekomen.

Hij dééd dingen – dat werd Pauls indruk van Vincent na die avond op een feestje van iemand die hij niet echt kende. Wanneer was dat geweest? Zijn tweede studiejaar, en ergens in de eerste weken want er had zich een moment in hem vastgezet waarop hij voor een bestickerde deur stond en een in runen gekerfde aanduiding *Huisbel* las – de zomer had zijn grootste hitte afgeschud maar de avonden in de stad waren nog honingkleurig en vol hemelhoge verwachting. En toen hij via een kale trap vol lege flessen en telefoonboeken binnenkwam zag hij Vincent met zijn walvisvaarderskop, die de drijvende kracht scheen achter een groepje dat op het punt stond te vertrekken. Hij herkende nog een paar gezichten – klimmers. Vincent wierp een felle neerbuigende blik op iemand die zei dat het 'allemaal geen kunst aan' was als hij niet eerst nog een paar biertjes achteroversloeg, dronk zijn glas leeg en vertrok. Iemand stootte Paul aan: 'Kom mee, dit moet je zien.' Hij ging mee om te zien, de troep liep een paar straten door, sloeg een smalle hoge steeg in en hield halverwege stil bij een regenpijp, die werd gekeurd door er uit alle macht aan te rukken. Vincent, zo bleek, had een alpinistenspelletje bedacht dat 'daklopen' werd genoemd: ze beklommen 's avonds gevels in het centrum van de stad en liepen door dakgoten en sprongen van huis op huis; wie ergens niet verder durfde of kon viel af, winnaar was degene die het laatst overbleef. Vaak ging het bijna mis, nooit helemaal. Paul besloot mee te doen, hij was de tweede of derde die afviel. In het aangroeiende groepje dat de verrichtingen vanaf de straatstenen volgde, hoorde hij meer over Vincent – dat hij serieel monogaam was, met een houdbaarheid van twee maanden per relatie; dat hij zich tijdens bergtochten maar hoefde te bukken of hij raapte een halfedelsteen op; dat hij bij wijze van antwoord op een domme vraag een corpslid in zijn neus had gebeten (wat Paul een nogal corporale actie vond); dat hij om zes uur 's ochtends in een taxicafé aan twee heroïnedealers verkondigde dat *And I will never grow so old again* de mooiste regel uit de hele muziekgeschiedenis was. Paul was vanaf het eerste moment geïmponeerd, niet zozeer door Vincents acties of de anekdotes over hem maar door het gebrek aan aarzeling, het volslagen gemak waarmee Vincent zich bewoog en handelde. Het gaf hem in de weken daarna keer op keer het idee dat hijzelf niet meer dan een inbrave, welopgevoede provinciaal was.

Vincent opende een plastic tas die hij al eerder uit zijn koffer had gehaald.

'Honger? We moeten nu beginnen anders komt het nooit op.' Hij hield een pakje boterhammen omhoog en zei dat zijn moeder hem, als voor een schoolreisje, bij vertrek van alles had toegestopt. Hij had haar gevraagd of ze dement werd. 'Voor haar,' zei hij, 'blijf ik kennelijk acht – tot ik trouw. Zal me niks verbazen als er kokosbrood op zit. Of Bebogeen.' Hij werd onderbroken door een stem uit verborgen luidsprekers – een plichtmatig welkom namens het treinpersoneel. Ieder werd drietalig aangespoord de veiligheidsinstructies te lezen en de restauratie te bezoeken, waar vandaag de koffie met – onverstaanbaar – in de aanbieding was, en een goede reis gewenst, en men voorspelde dat *you will feel like a king in the Eurostar.*

'Dan moet je een miezerig klein koninkje zijn want zelfs in Tokyo zijn de treinen ruimer.' Vincent strekte zijn benen in het gangpad en zette zijn gebit in een peer. Paul herinnerde zich Vincents claustrofobie; hij had een hekel aan lange tunnels, ze waren in Noorwegen eens zestig kilometer omgereden omdat Vincent een tunnel 'niet veilig' vond. Maar durfde hij dan onder Het Kanaal door – of was dat het juist, was dit weer iets om te overwinnen?

Paul hoorde zijn buurvrouw zuchten. Ze was in slaap gevallen en begon door het schokken van de trein te kapseizen. Haar schouder raakte hem soms, waarbij hij telkens door de dunne laagjes stof die haar zuurstokroze huid van de zijne scheidden haar lichaamswarmte voelde – dan kantelde ze, in alle voegen bewegend als een krakend schip, terug.

'Maar,' vroeg Paul terwijl hij ging verzitten, 'wat staat er nou in die krant?'

'Och,' antwoordde Vincent met volle mond. Hij kwam omhoog. 'Voorpagina.'

Paul nam de krant aan, tegelijkertijd werd het raam naast zijn hoofd haast uit zijn sponningen geslagen. Een tegemoetkomende trein suisde langs. Paul zag hoe zijn gezicht zich als geestverschijning in het glas aftekende en bedacht dat hij er even jong uitzag als Vincent. En Martin en Lotte? Die kon hij zich ook niet anders voorstellen dan zoals hij hen jaren geleden had gezien. Toen het laatste rijtuig als een gordijn voor het uitzicht werd weggerukt bleef hij kijken, naar het Belgische of misschien al Noord-Franse land waarboven eenzelvig een paar roomwitte wolken dreven. Was het omdat hij niet was getrouwd, geen kinderen had, nooit een normale baan, dat hij zich adolescent bleef voelen? Hij vond het nog steeds komisch wanneer iemand opeens 'u' tegen hem zei. Hij was naar eigen indruk precies even gezond, sterk en scherp als op zijn achttiende. De laatste tijd stelde hij zich voor dat hij een afgrond naderde; dat het akelig riskant was te leven; dat hij elk moment kon desintegreren – maar het werd nooit meer dan een idee, plooibaar en op afstand. Een dorp van tien huizen zwiepte langs, een rechtgetrokken beek schoot als een mes naar de horizon. Een gloed begon zich in hem los te maken, hij werd zich eigenaardig scherp bewust van het lichte wiegen van de trein en van de groezelige bekleding van de stoel waarop hij zat, van de zachte aanraking van de schouder van zijn buurvrouw en nu ook van een nieuwe geur in de ruimte – nagellak. Hij nam de krant voor zich maar las niet wat er stond.

Want daar was het. Hij zag het voor zich, opeens, dwars door het papier. En alsof een deur zich bijna sloot greep hij recht vooruit, recht in de kern van het moment – hij zag hoe hij zich afzette en sprong. Het touw waaraan hij gezekerd zat was echter te kort; hij werd om zijn as getrokken en miste, zijn handen graaiden in het niets, hij zwom een geluidloze seconde met armen en benen door de lucht en kwakte in volle vaart tegen een richel die de adem uit zijn longen sloeg. Tussen zijn voeten door zag hij onder zich, in een doorschijnende zaal vol glanzende orgelpijpen en geraas van smeltwater, haar lichaam omlaagvallen. Hij schreeuwde maar hoorde zichzelf niet. Een bel van kou welde uit de diepte en omsloot hem.

Ja – hij had er dus vannacht weer over gedroomd. Hij was wakker geschrokken, dat kwam ook boven. Twintig jaar lang inmiddels, met halsstarrige regelmaat, droomde hij van dat ene moment.

Het was die dag zo prachtig als vandaag – zon op je gezicht, een deken van stilte over het landschap, de permanente suggestie dat achter de blauwe koepel van de hemel iets anders, iets onvoorstelbaar vredigs lag. Maar Vincent was er niet bij, dacht hij. Hij had Vincent 's avonds weer gezien en toen was het chaos en praatte iedereen door elkaar. Hadden ze er later nog over gesproken? Nee natuurlijk niet – hij had zijn belofte. En daarbij: er waren dingen waar je Vincent liever buiten hield, waarom wist hij niet precies maar soms kon alleen al Vincents aanwezigheid op je drukken. Waarom was dat? Omdat er – zelfs Martin had dat wel eens gezegd – met hem erbij altijd meteen discussie en competitie in de lucht hing, het gevoel dat je je moest bewijzen? Want niets was bij Vincent vrijblijvend.

Zijn blik trok zich terug uit de herinnering, de letters op de krantepagina krompen naar scherpte. Hij las de kop en daarna het hele bijbehorende artikel. Uiteindelijk hield hij de krant verder van zich af en zei: 'Waarom niet? Ik zou het wel weten.'

Onsterfelijkheid binnen handbereik, stond er. Een Amerikaanse hoogleraar beloofde dat de wetenschap de mens het eeuwige leven ging geven. Dit was vandaag dus het wereldnieuws. Geen natuurramp, geen oorlog maar dit; op het eerste gezicht nieuws bij gebrek aan beter.

'Ik weet zeker dat je daar spijt van zou krijgen,' hoorde hij Vincent zeggen. Paul liet de krant zakken.

'Man, je moet er toch niet aan denken,' zei Vincent. 'Elke dag weer eten, elke dag je kleren aantrekken, elke dag al die dingen die nu al zo vervelend zijn – en dat gaat eeuwig door? Verschrikkelijk!' Hij stopte het klokhuis in een boterhamzakje, haalde een zakdoek te voorschijn en begon zijn handen grondig schoon te vegen. Paul wilde een opmerking maken – dat hij blijkbaar toch een beetje Japans werd – maar zag opeens dat ook op de voorpagina van de krant van het Franse echtpaar *La vie éternelle* werd aangekondigd. De krant ging omlaag en hij werd als door twee uilen aangestaard. Hij keek weg, naar buiten, naar een moment van lang geleden – op de fiets naar de kamer van Martin. Hun studiestad, een lichtgevende ochtend in mei. En daar, in een vogelvrije minuut voor een rinkelende overweg, de sensatie dat die minuut bleef, voor altijd; een gewaarwording die verkruimelde toen hij zijn voet op de trapper zette, maar de schok die door hem heen was gegaan trilde nu nog na. Twintig – twintig was hij geweest, de helft van zijn leven geleden. Net twintig en een jaar bij de klimmers en dat ene moment op de fiets bepaalde hem – in elk geval hoe hij nu dacht te zijn: iemand die soms niet bestond als hij alleen was, of uitsluitend uit zintuigen – één en al luciditeit en ontvankelijkheid – en pas wanneer hij anderen ontmoette zoals nu Vincent, weer gewoon Paul, Paul van Woerden werd. Hij legde zijn arm langs de onderrand van het raam, voelde koele lucht uit het smalle grijze rooster langs zijn vingers stromen. De trein vrat zich in hoog tempo door het landschap. Ginds zwermden kraaien over een hellende akker – en ja, alleen al hierom, wiekte het in hem op, hierom zou je het omarmen: om een lucht met tuimelende vogels en de bevrijdende sensatie door zo'n glooiend onnederlands landschap te suizen.

'Wanneer is het ook weer zo ver?' vroeg Vincent. 'Die Amerikaan geeft toch een jaartal?'

Paul keek in de krant. 'Over – een jaar of twintig volgens hem.'

'Maar dat is treurig!' lachte Vincent. 'Dan zijn we rond de zestig. In plaats van eeuwig jonge god blijf je dan voor altijd een vent van middelbare leeftijd – te oud om nog eens echt de Himalaya op te gaan of leuke dingen te doen met frisse meisjes maar te jong om daar geen spijt over te voelen. O wat zul jij genieten van je eeuwige leven!'

'Misschien toch wel,' zei Paul. 'Als je eenmaal onsterfelijk bent wordt alles een kwestie van tijd. Vroeg of laat maak je ongelooflijke ontwikkelingen mee – zoals de mogelijkheid weer in een jong lichaam te zitten. Of in een ouder lichaam met alle capaciteiten van een jonge god, als je dat liever hebt.'

Vincents onderlip schoof naar voren. Hij draaide zijn knieën in het gangpad, nam zijn koffer voor zich, liet het slot openspringen, schoof zijn hand onder zijn laptop en Paul kreeg de voorstelling dat hij, precies zoals hij voor de duur van een treinreis niet aan medereizigers kon ontsnappen, voor de duur van zijn verdere leven aan Vincent vastzat. En aan Lotte, en Martin. De trein maakte een lange bocht, zijn buurvrouw kiepte van hem weg, het zoeklicht van de zon schoof weer over Vincents gezicht. Nu scheen Vincent toch in de eerste plaats een wetenschapsnomade – de combinatie van zelfspot en zelfgenoegzaamheid en zijn manier van doen alsof hij dagelijks met een vaktijdschrift onder zijn arm op een transcontinentale vlucht stapte. En tegelijk vermoedde je dat er hele gebieden waren (klassieke muziek, literatuur) die hij, onder het mom van 'ik kom er niet meer toe', al jaren braak had laten liggen.

Vincent kwam opnieuw uit zijn stoel en reikte Paul tussen de Franse krant en Pauls buurvrouw door een slordig opgevouwen en ingescheurde blauwige landkaart aan. Paul pakte hem, sloeg hem eerst gedeeltelijk en toen helemaal open.

'Ach,' zei hij. Hij keek op. 'Hoe kom jij hieraan?'

Vincent haalde zijn schouders op.

Paul keek weer naar de kaart.

3

Het oog wordt niet verzadigd met zien – maar in Noorwegen, in juni, zag je die bijbelse waarheid stranden. Want na weer een smetteloze bergketen en het zoveelste fonkelende zeegezicht werd het domweg onmogelijk nog meer op te nemen, helemaal wanneer je je zo in een gammele Ford Taunus langs de kust noordwaarts liet slingeren – een oneindige afwisseling van verlaten landwegen, peilloze tunnels en dommelende veerdiensten over fjorden. Hij had zich erin willen storten; hij had verlangd dat zijn zintuigen zo'n conditie – of plichtsbesef – bezaten dat ze elk panorama even volledig bleven absorberen. Maar dan, boven de poolcirkel, hun uiteindelijke reisdoel: de Lofoten. Zijn eerste gedachte toen hij bij aankomst de kaart kocht – dezelfde lichtblauwe met bleke vlekken bedekte kaart die hij nu gladstreek – was er een aan school geweest. Want ja, precies zó tekende je fabelcontinenten achter in je schriften, en zo stel je je als kind een eilandenrijk voor: losstaande pieken op eilanden en schiereilanden met legpuzzelachtige kustlijnen. Marten Toonder-land, zei Martin al op de boot vanaf Bodø en dat klopte precies, alles leek ontworpen door een tekenaar met een hang naar het uitzinnige en bevreemdende.

Er was de middernachtzon; daar had hij naar uitgezien maar het bleek niet zo bijzonder. Hij was in twee dagen gewend en met een ooglap en oordoppen (de meeuwen bleven de klok rond doorkrijsen) sliep je prima, ook omdat je na een hele dag lopen en klimmen kapot was. Het wonderlijke ervan overviel hem pas achteraf, op de terugreis, toen hij met Vincent in één ruk achthonderd kilometer door Zweden zuidwaarts reed. Na weken ononderbroken daglicht kleurde de avond kobalt en ze hadden de gewaarwording dat het onmogelijk zó donker kon worden – een sprookjesachtige sensatie, en je vatte het ontzag van de oermens voor een zonsverduistering. Hiermee samen viel de opluchting toen hij halfweg Zweden bij de Oostzee voor het eerst weer grote loofbomen zag, volle eiken en populieren. En geen muggen, herinnerde hij zich. Een maand lang niet gestoken, zelfs geen mug gezien terwijl het soms, wat hij ook niet zo noordelijk verwachtte, meer dan vijfentwintig graden was. Lotte, die *Nooit meer slapen* in haar rugzak had, verklaarde Alfred Issendorf tot aansteller en mietje.

Maar de essentie van de Lofoten was het licht. Dat zou hem bijblijven: een teder, geheimzinnig en tegelijk intens weemoedig schijnsel dat in de late avond op alles neerstreek. Het deed denken aan oude schilderijen – *Gezicht op Delft* – maar dan indringender, veelomvattender. Vlak voor vertrek nam hij tientallen foto's van Værøy, een door de lage noorderzon opvlammend rotseiland ten zuiden van hun basis, het vissersdorp Å op Moskenesøya. Bij thuiskomst verschilden de plaatjes echter wezenlijk van zijn herinnering.

De Lofoten vormden geen gangbare klimbestemming; doorgaans werd gekozen voor de Zwitserse Alpen of de Dolomieten. Maar zij waren dan ook, uitgezonderd Vincent misschien, geen alpinisten in de zin dat ze elke tocht als voorbereiding zagen op toekomstige expedities naar Himalaya of Andes. Vanzelfsprekend deelden ze met alle klimmers ter wereld een *pijn is fijn*-instelling – of in elk geval de overtuiging dat fysieke ontbering zuiverend werkt op je persoonlijkheid. Maar niemand pochte dat het afsterven van een stel vingers of tenen een acceptabele prijs was om op de top van een achtduizender te staan. Ofschoon het onuitgesproken bleef, stond voor Paul vast dat ze dit gemeenschappelijk hadden: een verlangen jezelf in licht en buitenlucht te dompelen, je lichaam onder hoogspanning te zetten en tot in je beenmerg te ervaren dat je bestond; een gewaarwording die nergens indringender werd dan tegen het decor van bergen – misschien juist omdat die aanschouwelijk maakten hoe belachelijk kwetsbaar je was en je keer op keer lieten voelen dat je nooit meer dan een irrelevante toeschouwer zou zijn.

Hoe ze daar liepen – zo'n groep mensen die elkaar zonder gezamenlijke bezigheid nooit hadden leren kennen. Hoe je daar liep – in een tintelende naar radijs ruikende bries die rechtstreeks van de pool aanwoei, onder een hemel zonder ook maar één condensstreep, blakend van gezondheid met de smaak van een grashalm of een slok smeltwater in je mond en dan dat juichende, je overmoed, de zekerheid dat je zó over alle bergen van Europa kon lopen.

Iemand vroeg achteraf hoe ze op het idee van de Lofoten waren gekomen en hij had niet meteen een antwoord kunnen geven. Misschien dat een van hen een foto had gezien van rijen haaietanden in een ijzige zee – een titanische fossiele onderkaak. Ook kon hij niet goed uitleggen waarom hij nergens zó van het klimmen had genoten als daar. De prikkel van het gevaar, die alpinisme tot de enige vrijetijdsbesteding maakte waarbij voor lief werd genomen dat sommigen – anderen – er het leven bij lieten, ontbrak er juist: je vroor niet dood op de Lofoten als je verdwaalde, er waren geen lawines. Misschien was het de vreemde combinatie van zee pal naast besneeuwde bergen. Of uiteindelijk toch de samenstelling van het gezelschap.

Hij liet de kaart zakken en keek naar buiten. Een wolk drong zich voor de zon en eigende zich een kroon van licht toe. Hij merkte dat hij zijn duimnagel door de kaart drukte. Hoe zou het vandaag gaan? En terwijl hij met de kaart in zijn handen bleef kijken en zag hoe de schokgolf van de trein graspollen en kleine struiken ruw van het spoor wegduwde, stapte uit al zijn herinneringen er één naar voren.

Ze klommen die dag in windstilte. Doel was een drietal pieken op een graat, als paaltjes in een hek. (Hij zocht nu op de kaart, zag namen – Reinebringen, Veinestinden – die hem vaag bekend voorkwamen; Martin zou het nog precies weten.) In de diepte aan een kant lag de zee, gedrenkt in een gedempte schittering waaruit heel ijl het gepruttel van een vissersboot opsteeg en aan de horizon, honderd kilometer verder, schemerden als verre wolken de bergen op het Noorse vasteland. Aan de andere kant, de kant van de oceaan, verrezen in doodstille slagorde de kathedralen van Moskenesøya.

De hele groep was die dag mee – zij vieren die de reis per auto hadden gemaakt en nog elf anderen die een week geleden per trein vanuit Oslo waren gekomen. De klim verliep zo simpel en ze zagen zo veel rode T's op stenen langs de route dat ze zich toeristen voelden en ze stonden – maar zo ging het altijd – plots op de eerste top.

Zo grillig en uitgesponnen als zijn terugkerende dromen waren, zo eenduidig en opzichzelfstaand bleven de details van zijn herinnering aan die dag op de Lofoten – alsof de structuur van het landschap je perceptie bepaalde. Hij wist nog dat iemand schrijlings op het scherpste deel van de graat zat en beweerde dat nu zijn ene bal bij het Scandinavische Schild hoorde maar de andere bij de Atlantische Plaat, en dat er een rol *Digestive*-chocoladekoekjes rondging waarvan het laatste exemplaar voor zijn neus werd weggekaapt, en dat het gezelschap zich vrolijk maakte over een loodzware vooroorlogse verrekijker die de enige aanwezige eerstejaars bij zich had.

De groep bleef wat hangen. Een tijdlang was het voornaamste geluid dat van camerasluiters. Vincent leunde met zijn rug tegen een mosselblauwe rots en prutste met zijn zakmes aan een riempje van zijn rugzak. Lotte vroeg de ouderwetse kijker en Pauls kaart, tuurde alle kanten uit en merkte op dat het 'monster' meer woog dan al haar bagage bij elkaar maar wel een fantastisch zicht gaf. Martin zei schoolmeesterachtig 'Blijven drinken jongens' en gooide een veldfles met lauw water in zijn richting. En hij herinnerde zich dat iemand op Martin reageerde met een narrig 'Ja pappie' en dat er werd gegrinnikt, waarop Martin zich weer liet kennen; hij verschoot van kleur en begon zich te verdedigen. Want Martin voelde zich vaak aangevallen, waarom wist niemand. Misschien had het te maken met zijn zelfgekozen rol van coördinator, waarover toch nooit moeilijk werd gedaan. En het was totaal onduidelijk hoe hij erop kwam maar even later kon je hem (een beetje kortademig, hij had sowieso iets van een gekooid dier) horen betogen dat hij geen materialist was; nou ja, hoogleraar worden wilde hij nog wel eens maar was dat materialistisch? Hij had goedbeschouwd één materialistisch verlangen en dat was een mooi huis – aan zee. Een landhuis, ja dat was het enige want hij gaf verder niks om spullen, hij was niet geïnteresseerd in auto's of dure horloges of geld of wat dan ook, alleen een mooi groot huis om in te wonen met uitzicht op zee.

'Geef je een seintje als het zover is?' vroeg Vincent, die zijn mes dichtklapte en de kijker van iemand aanpakte.

'Zeker,' zei Martin scherp. 'Als jullie beloven te komen.'

'Ik in elk geval wel,' had Paul als eerste gezegd. Hij had te doen met Martin want het ging steeds zo: niemand had het op hem voorzien, niemand was er echt op uit hem voor gek te zetten maar hij dacht van wel en begon zich zo omstandig te rechtvaardigen dat hij bereikte wat hij juist wilde voorkomen. Paul was opgestaan en had zijn gespreide hand voor de zon gehouden; hij kreeg een voorstelling die het uitzicht vanaf een top hem vaker gaf (want je zag het niet vanuit het dal, alleen klimmers begrepen meteen wat je bedoelde): de bergen als golven, voortrollende golven met witte kammen – van steen, en daarmee van een bodemloze tijd – en het vlinderachtig daaroverheen dwarrelen van je eigen aanwezigheid. Ja – zo, had hij met wijdopen ogen gedacht, zo schrompel je tot druppel in een branding. En hij verlangde ernaar iets of iemand dankbaar te zijn voor dit landschap, voor het zicht op de wereld als een zojuist gekraakte schatkist – de saffieren meren, de valleien van smaragd. En dwars door die gedachte heen zei Lotte: 'Zo gelukkig zullen we nooit meer worden.'

Dat was bijzonder aan Lotte – dat ze continu sarcastisch was en dan zo'n opmerking kon maken zonder zelf sarcasme over zich af te roepen. En dat kwam niet doordat ze het al met voorbehoud of ironie bracht, integendeel: ze had iets kinderlijk theatraals en ijdels over zich als ze zoiets zei – haar stem ging omhoog en je hoorde haar woorden trillen. Maar op de een of andere manier voelde je aan, ook al had je haar nog maar net ontmoet, dat die incidentele pathetiek echt was en bij haar hoorde; dat haar gevoelsleven opeens als een zenuw blootlag. En niemand voelde zich geroepen die plek eens aan te raken. Na een paar minuten was het Vincent die de stilte verbrak: 'Zullen we verder? Voor die daar hebben we misschien een paar haken nodig. Of is er iets uitgezet? Heeft iemand dat al gezien?'

Geen haken nodig, werd geoordeeld. Er hoefden geen cordées gevormd te worden, het leek allemaal heel goed te doen zonder, ze hadden waarschijnlijk hun hele uitrusting in de jeugdherberg kunnen achterlaten. Bij die volgende klim kwam Paul als eerste boven. Hij zocht een platte kei en voegde hem toe aan het steenmannetje op de top, keek vervolgens om en zag Martin vlakbij en verderop de anderen, klauterend op handen en voeten als insekten (Noren hadden het over *klyve* wanneer je vroeg hoe lastig een klim was) en daar in de verte zag hij Lotte en Vincent, die stilstonden en ruzie leken te maken – over de te kiezen route zeker, en hij had gegrinnikt want Vincent en Lotte (die elkaar kenden van de middelbare school) waren het ook over onbenulligheden nooit eens. Weer later, tijdens de terugtocht na de laatste top, was hij zelf met Lotte vooropgeraakt. Hij wilde opschieten, het was zijn beurt boodschappen te doen in de dorpswinkel, die alsof er geen middernachtzon bestond gewoon om zes uur sloot. Lotte scheen ook haast te hebben; haar gezicht liep rood aan van de inspanning maar toen hij vroeg of ze even zouden stoppen, schudde ze kortaf haar hoofd. Ze kozen een pad dat vlugger leek, hier en daar lagen sneeuwvelden. Hij bedacht dat hij Lotte zelden alleen sprak.

Ergens leken zijn indrukken van die dag nog het meest op de oudste uit zijn kindertijd: die hadden ook geen volgorde. Waar latere taferelen vastzaten aan hun rangschikking in het firmament van zijn geheugen, bleven die aan zijn vroegste jeugd wispelturig en vrij en flitsten op onvoorspelbare momenten te voorschijn. Alleen vlak na zijn terugkerende nachtmerries, bij het wakkerworden, stond alles een paar minuten lang in een logisch verband – en daarin zag hij hoe hij wat vooruitliep, hoe hij bleef staan en keek hoe ze naar hem toe kwam, hoe hij bedacht dat hij haar nooit echt knap vond in tegenstelling tot veel andere jongens (haar trekken waren te hoekig, te compromisloos) – tót het moment waarop ze lachte; haar lach wijzigde de essentie van haar gezicht en overweldigde haar andere wezenstrekken. En hij realiseerde zich dat hij zonder een moment verliefd te worden wel voortdurend door haar werd geïntrigeerd. Want ze had bijvoorbeeld de vermakelijke eigenschap nooit zomaar iets van een ander aan te nemen – zo geloofde ze niks van de geschiedschrijving (zoals dat er een Gouden Eeuw had bestaan, dat was propaganda van de regering) of dat er in het Vaticaan ook maar één gelovige rondliep – en ze ging in discussie zodra je iets stellig beweerde, ook al was dat een waarheid als een koe. Ze kon niet tegen brillen, omdat daar iemands gezicht achter schuilging. Ze dronk haast nooit maar als ze dronk werd ze van twee glazen volkomen bevlogen. Ze las Dickens bij het ontbijt. Ze was wat niet-klimmers een 'stoer meisje' zouden noemen – je kon met haar een berg oplopen en jezelf als eerste horen toegeven dat je kapot was, je kon in een ijskoude hut zonder water en wc zitten of een dag lang door de regen sjouwen en haar geen enkele keer horen klagen en tegelijkertijd had ze dat wankele, zowel in haar verschijning (haar bleke huid en haar hoge schouders en de manier waarop ze op haar benen stond, net een veulen) als in haar karakter. En toen daalden ze verder met vlugge losse stappen van steen op steen. Hij zei af en toe iets maar Lotte leek afwezig, er kwam afstand tussen hen en op zeker moment liepen ze in een smalle vallei elk aan de andere kant van een gletsjerachtige sneeuwtong. Lotte stuitte op een beek die zich van een steile helling stortte en wegkolkte in een koker van wattig ijs. Hij riep: 'Je moet terug!' De strook sneeuw was vijftien meter breed – een nauwelijks door de zon aangeraakte deken die uitnodigde erop te stappen en naar de overkant te lopen. Maar dat ook echt doen was uitgesloten; zelfs iemand die Nederland nooit uit was geweest zou raden dat het een laag was waaronder zich alles kon bevinden – een pasta van zand en ijsklonten of losse gladde stenen die van de rotsen waren gevallen of een gat waarin je te pletter viel. Hij zag de waterval verderop ruisen en herinnerde zich de waarschuwing van een gids op de Zebru-gletsjer in Italië: een van binnenuit aangevreten karkas. Hij had gelachen: 'Gaat onze voorsprong! Jouw schuld!' Hij had zijn ogen samengeknepen tegen de schittering van de sneeuw en de uitdrukking op Lotte's gezicht gezien – een uitdrukking die hij nu, na twintig jaar, moeiteloos opriep. Hij wist ook nog precies hoe laat het was geweest. En dat links naast hem een pol botergele bloemetjes stond te rillen. En hoe de lucht aanvoelde. En dat het naar stokvis rook. En dat hij een volle blaas had gehad.

Ze bleef staan, keek. Er was geen gespannenheid in haar blik, geen boosheid, geen berusting – niets. Alsof voor één moment haar spot en haar pathetiek elkaar ophieven. En ze stapte.

Hij riep – iets sufs als 'Hee!' – en vloekte, zocht om zich heen naar een rots of paaltje maar zag onmiddellijk ook het zinloze van zijn overweging: het touw zat keurig in zijn rugzak, evenals zijn klimgordel. Hij keek Lotte weer aan – zag opnieuw de uitdrukking. Hij maakte met ingehouden adem een gebaar dat ze niet verder moest komen. Hij keek naar de sneeuw, zette er zelf een voet op. Het kraakte bemoedigend onder zijn schoenzool, de ondergrond helde naar links, naar het dal, en leek vast en betrouwbaar. Hij kreeg de impuls naar Lotte toe te lopen, haar hand te pakken en haar in veiligheid te trekken – maar dat was onzinnig: als hij dat deed, zou hij op het punt waar hij haar bereikte het gewicht verdubbelen. Terwijl hij terugstapte en alsnog vlug de rugzak van zijn schouders schudde, zag hij hoe Lotte plots onderuitschoot; ze zakte eerst alleen tot haar middel door de sneeuwlaag en bleef met een harde klap hangen op haar ellebogen, stortte vervolgens met een ruk verder omlaag. Paul vloog vooruit, was in een paar sprongen bij de plek waar ze was verdwenen. Hij zag dat ze in haar val opzijgekanteld was en samen met grote brokken van het verijsde sneeuwdek ruim twee meter lager was neergekomen op het onderliggende, schuin aflopende gesteente, waar ze nu meteen weer verder vanaf dreigde te glijden, de diepte in. Hij bedacht zich geen moment; hij sprong in het gat, belandde op een plek net onder haar, greep haar vast en drukte haar uit alle macht tegen de kletsnatte rots. Hij hoorde zichzelf hijgen. Voelde zich iets wegschuiven. Zocht een beter steunpunt voor zijn voet. Het volgende moment sneed de kou door zijn lichaam. Zijn hart schokte in zijn keel en hij begon half te kokhalzen. Hij verplaatste zijn voet opnieuw, hoorde steentjes en gruis wegvallen. Ergens onder hen ruiste water, toen hij langs zijn schouder naar beneden keek weigerde zijn voorstellingsvermogen in eerste instantie aan te nemen wat hij zag – een langwerpige put, zo diep dat hij de bodem niet eens kon onderscheiden. Hij sloot een moment zijn ogen. Als hij haar niet hield, hadden ze geen schijn van kans. Lotte bleef roerloos, even dacht hij dat ze dood was. Zijn neus zat tegen haar hals gedrukt, net onder haar oor. Hij rook haar, op een merkwaardig intense manier – huid, shampoo, zon. En voelde haar lichaamswarmte, haar adem langs zijn gezicht. Haar gewicht begon zijn ruggegraat in elkaar te drukken en zijn armen van zijn sleutelbeenderen te trekken, de pijn greep hem als een zelfstandig wezen vast – dat hem meteen zou loslaten, als hij eerst losliet. Sneeuw die in de kraag van zijn jack was terechtgekomen gleed langs zijn nek. Er was geknars en geknerp van rollende stenen, overal druppelde water. Een geheimzinnige weerschijn liet bleke vlammen dansen in de halfbevroren massa die hen omringde.

Het lukte hem Lotte twintig centimeter op te tillen. Er was door haar val zoveel sneeuw en ijs losgebroken en naar beneden gestort, dat ze grotendeels over steen de plek moesten kunnen bereiken waar zij vandaan kwam. Hij zei dat ze moest meewerken – kijk dan, kijk, hij hield haar vast, nu een kwartslag draaien dan kon ze dat randje daar grijpen en zichzelf optrekken en daarna hem ook omhoog helpen, bij voorkeur.

Ze reageerde eerst niet. Toen schoot ze in een hoestbui, speeksel kwam in zijn oog; ze rilde, draaide zich half uit zijn omarming, reikte met een arm schuin naar boven. Hij zette zich schrap, testte of hij zelf stevig genoeg stond en drukte uit alle macht tegen haar billen, even later tegen haar schoenzolen zoals je iemand over een schutting duwt. Het was loodzwaar – of ze zelf niks deed en hij in zijn eentje haar gewicht verplaatste. Een van de stalen veterhaakjes van haar schoen raspte zijn wang open maar dat merkte hij pas later. Evenals dat het glas van zijn horloge was gebarsten. Toen hij uiteindelijk hijgend op vaste grond stond en wilde vragen hoe ze in godsnaam zoiets amateuristisch kon doen, was ze hem voor.

'Ik ben bang,' zei ze, zittend en haar rechterarm bevoelend, 'dat er iets helemaal niet goed zit.' Ze keek hem met een van pijn vertrokken gezicht aan en zei: 'Het was een ongeluk – goed?'

'Ja natuurlijk,' zei hij terwijl hij naast haar neerhurkte. 'Heb ik toch zelf gezien?'

Ze knikte: 'Beloof je dat?'

'Beloof ik wat?'

'Dat je hebt gezien dat het een ongeluk was.'

En toen had hij haar opnieuw omhooggeholpen. Lotte ondersteunde haar rechterarm met haar linkerhand terwijl ze voorzichtig afdaalden en het pad naar hun dorp afliepen, voorafgegaan door lange schaduwen die een grote, bleke zon aan hen onttrok.

4

'Maar je hebt uiteindelijk maar één jeugd, hoe onsterfelijk je ook bent. En dat krimpt tot een steeds kleiner en kleiner deel van je leven – word je dan op den duur niet verteerd door melancholie?' En waarom, vervolgde Vincent terwijl hij zijn handen plat voor zich legde en naar zijn vingers keek, waarom zou de mensheid überhaupt blijven bestaan? Ja, als je religieus was en jezelf als kroon op een schepping zag. Maar verder: al was je de briljantste soort van het universum dan nog had dat universum daar geen boodschap aan; van afstand gezien kroop je hier maar wat rond op een zandkorrel – en dat moest altijd doorgaan? Trouwens, was het niet egoïstisch om te blijven en geen plaats te maken voor anderen? Er waren al veel te veel mensen; lastig als iedereen ook nog bleef leven.

In het restauratierijtuig waren alle zitplaatsen vervangen door een bar als in een café en een paar hoge roestvrijstalen prullenbakken die tegelijk dienst deden als ronde statafels. Ze hadden koffie besteld. Vincents betoog stokte toen het meisje achter de bar, een Vlaamse met jodiumkleurige nagels en een glimmend rond gezicht met grote, overgelukkige ogen, de melkschuimer aanzette.

Maar zo zou het niet gaan, zei Paul toen het geraas ophield. Je zag nu al dat in rijke landen het geboortecijfer kelderde terwijl in arme landen maar werd aangefokt. En misschien, vulde hij opgewekt aan, was dit gewoon evolutie want als je verder terugkeek, zeventiende eeuw of zo – toen werden mensen minder oud maar eerder volwassen en productief. Huygens, die ging toch op zijn vijftiende naar de universiteit? En wat sommige componisten hadden gedaan terwijl ze geen veertig werden! 'Nee,' zei hij, 'het is al bezig. Kijk eens naar een foto van jezelf en dan naar foto's van veertigers uit de tijd rond de oorlog – dat waren oude mannetjes! Nee, ons leven dijt uit. Mensen krijgen later kinderen, presteren op latere leeftijd, gaan later dood.'

'En daar zit je fout,' zei Vincent. 'Want dit,' (hij greep zijn krant van de bar en hield hem omhoog) 'dit gebeurt nu, opeens. Niks evolutie, en je moet kiezen want het gaat niet vanzelf. Doe niks en je gaat dood. Je moet een pil slikken of ingrepen ondergaan, misschien moet je wel elke dag opnieuw kiezen.'

'Dat is dan toch makkelijk? Als het niet bevalt haak je gewoon af.'

'Dat geloof je zelf niet.' Vincent legde de krant terug en trok een tandenstoker uit een metalen rekje op de bar dat ook een peper-en-zoutstel bevatte. Nee, zo zaten mensen niet in elkaar, zei hij, iemand met doodsverlangen die in het water viel was ook niet in staat zich te laten verdrinken. Nee, je kreeg iets heel raars. Stel je slikte dagelijks een pil, dan draaide het principe zich om, want als je niks innam pleegde je zelfmoord! Hij stak de tandenstoker tussen zijn kiezen.

Paul strekte zijn armen, waardoor hij zichzelf verder van de bar duwde. 'Maar dat is nu ook zo,' zei hij met een blik op het meisje, dat de kan met geschuimde melk boven een kartonnen beker hield. Haar nagels deden hem aan Lotte denken; want Lotte had geen idee hoe ze zich moest opmaken, zelfs als jongen zag je dat. En het zat ook in hoe ze zich kleedde. Ze deed maar wat, terwijl ze in andere dingen juist grondig en precies was. Hij herinnerde zich dat hij bij Lotte in het begin op zijn hoede was geweest omdat haar stemmingen elkaar zo abrupt afwisselden. Als hij haar toen met één woord had moeten definiëren was het geëxalteerd – maar ze zou hebben gegrijnsd als hij dat had gezegd. En nu, na zo veel tijd? Hoe was ze nu? Hij keek naar de vingers van het meisje en hoorde een deel van hem laconiek doorpraten en betogen dat het nu al zo was – dat je als je toegaf aan alle verleidingen van de consumptiecultuur en maar raak at en rookte en dronk in feite ook actief je leven bekortte. Al die zogenaamd beroemde Nederlanders, heel wat van die volksartiesten en pophelden en zo, die nog geen zestig werden in een land met bijna de beste medische zorg ter wereld. Dan was je toch een schoft als je zonder dat je echt wat mankeerde zo leefde dat je niet ouder werd? Nee, dat was pas egoïsme – zwelgen in zelfmedelijden en jezelf kapotmaken terwijl ze in de derde wereld vochten om een dag langer te leven. Hij hoorde hoe zijn stem een beetje hees werd, zoals vaker wanneer hij een punt wilde maken.

'Of kankerpatiënten,' voegde hij toe.

De koffie werd neergezet, hij pakte zijn portemonnee maar Vincent gebaarde dat het al goed was. Paul tilde het dienbladje met de twee dampende bekers voorzichtig op en liep naar de dichtstbijzijnde lege tafel. Bij een andere tafel stond een groepje Fransen of Franstalige Belgen in pak (vertegenwoordigers, congresgangers) en in de hoek bij de automatische schuifdeur discussieerden twee aangeschoten Britten over sport. Het rook naar saucijzebroodjes. Hij hoorde de serveerster lachen en Vincent iets zeggen over betalen met ponden en bedacht met een vreemde vermenging van gêne en weemoed hoe onhandig hij zich vaak had gevoeld in Vincents gezelschap. Het had natuurlijk te maken met Vincents slagvaardigheid maar ook met hemzelf – hij had iets fragiels of ijls in zijn gestalte waardoor mensen geneigd waren hem te onderschatten; hij werd bijvoorbeeld letterlijk kleiner geschat dan Vincent. Hij zette een beker aan zijn mond, blies over de koffie en keek naar buiten. Het land werd vlakker en leger. De bewolking spreidde zich uit, het licht vloeide naar een ander deel van de wereld. Dus dit wordt het, ging het door hem heen – oude anekdotes, en iets uit de krant waarover je evengoed met iemand in een kroeg kon babbelen. Terwijl er tientallen dingen waren die hij nu kon vragen, bijvoorbeeld of Vincent wist van een jongen met rood haar die ze beiden vaag hadden gekend en die zes jaar geleden van een berg in Peru was doodgevallen, of over Lotte en Martin en hun omzwervingen of gewoon over Vincents dagelijks leven in Japan. Maar hij voelde nog steeds die weerstand.

Tijdens hun eerste klimafspraak deelden Vincent en hij een tent. Ze lagen in hun donzen slaapzakken, hoofden in tegengestelde richting. De tent stond op een helling, de achterkant lag hoger maar Vincent wilde hoe dan ook met zijn gezicht bij de rits, die bovendien halfopen moest omdat hij anders stikte en 's ochtends lag hij als een mummie met zijn neus in het gaasdoek. Liggend op zijn rug met een hand onder zijn hoofd zei Vincent dat wanneer je twee geleefde dagen van twee mensen naast elkaar legde, zou blijken dat beide ervaringen weliswaar volgens de klok dezelfde vierentwintig uur hadden geduurd maar in de psyche zou zich iets volkomen anders hebben afgespeeld, te vergelijken met een beeld van Wittgenstein over kleur – dat wat de een als groen ziet, door de ander heel goed als blauw kan worden gezien en dat je daar nooit achter komt en dat was, volgens Vincent, de oorzaak van de fundamentele eenzaamheid van de mens. En Paul zocht koortsachtig naar een antwoord dat niet meteen verried dat hij geen enkele filosoof had gelezen. Toen hij eindelijk wat had verzonnen – iets met beleving van tijd als een lijn waarin soms lussen kwamen – hoorde hij Vincent ronken en zo bleek het vaker te gaan: Vincent kon geanimeerd liggen praten en dan draaide hij zich om en sliep onmiddellijk.

En verdomd, dacht Paul, dat was hij kwijt geweest: dat Vincent dan, wanneer hij de volgende ochtend wakker werd, gewoon verderging met het gesprek, precies vanaf het punt waar hij was gebleven alsof hij in staat was een bladwijzer tussen zijn gedachten te schuiven.

De trein minderde vaart. Langs het spoor verrezen groene hekken, twee achter elkaar, het dichtstbijzijnde zo hoog als een klein huis, waartussen militairen met Duitse herders patrouilleerden. Dan zijn we bij de tunnel, drong het tot hem door. Hij bleef naar de hekken kijken (ze stonden zeker ook onder stroom); het had misschien te maken met terrorisme – ja natuurlijk, de tunnel was doelwit – en zodra je daaraan dacht schoof er iets over je heen, over jou en de hele wereld; een gevlerkte schaduw. Maar terwijl iedereen deed alsof die dreiging nieuw was en het leven nooit meer hetzelfde zou zijn, verbaasde hij zich over het tegengestelde: de overeenkomst met zijn vroege jeugd, toen iedereen zo zeker wist dat de bom zou vallen. Ineens scheen die periode, en ook de tijd daarna met Vincent en de anderen, toch weer ontzaglijk lang geleden. Ze waren uitgevlogen, weggeschoten zoals ze elkaar hadden beloofd – want zo vaak waren gesprekken op dat onderwerp gekomen: dat een leven in Nederland niet anders dan verstikkend en platvloers kon zijn; dat zielloze architecten en asfaltpolitici het in hoog tempo tot het lelijkste land ter wereld maakten. En zowaar: Lotte en Martin woonden na acht jaar Lyon en zes jaar Amerika in Wales, misschien wel voorgoed. Vincent werkte in Tokyo; je kon voorspellen dat het daar niet bij bleef want hij had tussentijds gesolliciteerd op diverse onderzoeksbanen – zelfs op Antarctica. Hij was zelf totnogtoe de enige afvallige.

'Zo –' Vincent trok een kruk onder zich en begon het papier van een suikerklontje te pellen. Paul zag hoe hij met het klontje het oppervlak van de koffie aanraakte en nauwlettend toekeek hoe het naar boven toe bruin kleurde.

'Wat ik me afvraag,' zei Paul, '*ga* je eigenlijk met een Japanse trouwen? Hoe zit dat, met de vrouwen daar?'

Vincent liet het suikerklontje los. Zijn mond werd nog breder, hij zoog even op zijn lip alsof het onderwerp zijn tegenzin opwekte. Nou, begon hij. Er waren twee lagen: Japanners en buitenlanders, en die hadden geen wezenlijk contact met elkaar behalve in bars en dan ging het om seks. Als Europese man was je al gauw populair bij Japanse vrouwen want Aziatische mannen... Hij maakte een gebaar met duim en wijsvinger.

'En jij bent natuurlijk kolossaal geschapen,' zei Paul.

'Jezus,' zei Vincent opeens, 'ik heb een meisje meegemaakt dat *O god o god o god!* riep toen we begonnen.'

Terwijl hij sprak werd de trein opgeslokt. Duisternis drukte koolzwart tegen de ruiten, de atmosfeer werd schraal en branderig – Paul voelde het aan zijn ogen. Hij was een beetje wankel van de koffie, dat had hij vaker na een slapeloze nacht. Een indringend gezoem vulde zijn oren, alsof iets buiten lawaai maakte; maar zij waren het natuurlijk zelf, de weerkaatsing van het geluid van de trein was als het suizen van je bloed in een schelp – zonder dat was het hier volmaakt stil. Via het glas kruiste zijn blik die van een van de vertegenwoordigers. Het was vreemd dat ze hier zo met z'n allen keken naar een raam zonder uitzicht. In tegenstelling tot lange tunnels in bergen was deze tunnel onverlicht; nergens een lamp die houvast gaf, een idee van de afstand tot de rotswand. Misschien met opzet, om de mensen zich niet al te bewust te laten worden van de diepte en hun machteloosheid.

'Wel,' zei hij, 'dichter bij ruimtereizen zul je niet komen.'

Vincent dronk aandachtig van zijn koffie en glimlachte: 'Ja – ik zou graag weten hoe diep het laagste punt is en hoeveel ton water we boven ons hebben. Hoe laat heb jij het nu?' Paul draaide zijn pols, liet Vincent zijn horloge zien en zei dat hij dat niet precies kon zeggen – alleen de kleine wijzer deed het nog.

'Waarom blijf je dat ding dan dragen?'

Paul tikte de rand van zijn beker tegen zijn tanden. Als kompas, zei hij. 'Ach nee,' liet hij er meteen op volgen, 'gewoon uit sentiment. Het was een cadeau van mijn ouders toen ik ging studeren. Kwam vroeger op school altijd te laat.'

Vincent keek hem verbaasd aan, met een soort gedwongen grimas. Hij liet de steen weer tussen de vingers van zijn linkerhand rondgaan en Paul realiseerde zich dat hij dat toch al eerder had gezien, vroeger. Ja, destijds had Vincent ook vaak iets, een steen of misschien iets anders, dat hij een tijdje zo gedachteloos in zijn hand liet rondgaan. Vast een klimmersoefening die hij ergens had opgepikt, om zijn vingers te trainen. En hij kreeg een concrete herinnering aan zo'n moment: op de boot naar de Lofoten, met Vincent en Lotte fel in discussie. Want

Lotte had in de haven van Bodø foto's gemaakt van een bord op de kade met opschrift *Fersk hvalbiff*, en daarna van een bijbehorende kotter met een klein harpoenkanon op de voorplecht, waarop de schipper uit zijn kajuit kwam en haar, toen ze vanaf de wal een kritische vraag stelde, met een werkmes in zijn hand in het Noors van alles had toegewenst. Vincent zei dat ze als ze een jongen was geweest beslist een pak slaag had gekregen en begon het standpunt van de Noren te verdedigen dat onze liefde voor walvissen sentimenteel en subjectief was – want waarom namen we het niet ook op voor andere zoogdieren als koeien of varkens? Het was jammer dat ze alleen grote ingevroren stukken verkochten anders had hij het zeker zelf geprobeerd, zo'n kans kreeg je niet vaak. Lotte was woedend geworden, haar stem trilde en ze kreeg tranen van verontwaardiging in haar ogen. Ze hadden totaal niet gereageerd op Martin, die euforisch van buiten kwam met de mededeling dat je in de verte de Lofoten al kon zien en dat het een onvergetelijk gezicht was – dat mocht je echt niet missen. En Vincent, herinnerde Paul zich nu heel duidelijk, had een kiezel tussen zijn vingers laten rondgaan en niets gezegd en Lotte maakte een stugge beweging met haar mondhoek zonder Vincent met haar blik los te laten en hijzelf was als enige met Martin naar buiten gegaan. Martin had volkomen gelijk gehad, het was onvergetelijk. De herinnering maakte dat hij zelfs weer het zout proefde dat de zee op zijn lippen had gebracht.

Hij dronk de laatste druppels koffie en bleef in de spiegelende ruit staren. Soms leek het of het voorval met Lotte alles wat daarna kwam had bepaald. De kans is groot, dacht hij, dat ik nooit meer zoiets meemaak. Hij had een dood mens gezien – zijn grootvader, opgebaard in een zijzaaltje van de kerk, met kleur op zijn wangen en een dik zwart haartje uit zijn neus maar ijskoud toen hij hem aanraakte – en eens, als kleuter, vanuit de auto een motorrijder die net was geschept (zijn oudere zus gilde 'niet kijken!', waarop hij natuurlijk juist keek en die man op zijn zij in zijn eigen bloed zag liggen en vooral de indruk overhield dat het niet echt leek, die helderrode kleur en dat in de zon blinkende zwarte leren pak). Maar op de een of andere manier waren zulke dingen passief; je scheerde erlangs zoals je langs beelden van oorlog op televisie scheerde. Die ene namiddag op de Lofoten was hij het zelf geweest, hij was gesprongen en had ervoor gezorgd dat een ander nu, twintig jaar later, leefde. En meer dan dat: ook Lotte's kind zou er anders niet zijn – het bestond, het was er door zijn toedoen. De laatste maanden morrelde iets aan zijn herinnering; dan vroeg hij zich opeens af of hij het toch fout had gezien. Maar dan kwam de situatie in volle helderheid terug en zag hij weer die blik. Ook dat ene zinnetje – *Het was een ongeluk. Goed?* – liet geen ruimte voor interpretatie.

Korrelig licht scheerde langs de ramen, een moment later werd de trein gelanceerd. Uitgestrekte emplacementen en parkeerplaatsen met honderden vrachtauto's schoven voorbij. De zon, over Het Kanaal meegereisd, had het grootste deel van de wolken weer afgeschud. De passage door de tunnel had twintig minuten geduurd. Ze waren in Engeland. Hoe lang nog tot ze aankwamen en werden afgehaald – door Lotte waarschijnlijk; hij kon zich Martin nog steeds niet met een rijbewijs voorstellen. Hij kon het haar ook meteen vragen, gewoon, ter begroeting – of ze werkelijk had gedacht dat ze nooit meer zo gelukkig zou worden als op die berg.

'Maar ik denk ook,' zei Vincent opeens, 'dat je alles voor lief gaat nemen. Je wordt onverschillig omdat je weet dat je eindeloos de tijd hebt en alles nog eens kunt goedmaken. Het haalt de essentie uit het voorbijgaan van de dingen wanneer het meeste dat je doet herhaalbaar en herstelbaar is. Je leven wordt minder waard – of tijd wordt minder waard, die devalueert want je hebt er ineens een onuitputtelijke voorraad van.'

'Ah,' lachte Paul. 'Tijd maakt niet gelukkig – is dat het?'

De mannen in pak gooiden hun bekers in een prullenbak,

streken hun jasjes glad, keken om zich heen. Het meisje met het blakende gezicht zette een emmer sop naast het koffieapparaat. Paul bedacht dat ze waarschijnlijk de hele dag zo onder Het Kanaal door op en neer reisde en kreeg even het beeld voor zich van een schommel. Maar je leefde nu toch ook alsof je voor alles eeuwig de tijd had, zei hij tegen Vincent. Hoe vaak liet je tot je doordringen dat je je ouders voor hun dood nog maar een beperkt aantal uren zou zien. Of dat je nog maar een paar keer een zonsverduistering zou meemaken – hij noemde maar wat. En als je dat besefte, wat deed je dan? Tien tegen één dat je helemaal niks deed. Hij pakte Vincents lege beker en stopte die in de zijne. Natuurlijk veranderde je leven als je onsterfelijk werd, zei hij. Maar waarom zouden de voordelen niet opwegen tegen de bezwaren? Het was toch een wonder dat je je ogen en oren kon gebruiken; dat je – hij tilde de bekers op – koffie kon proeven en ruiken en dan kon bedenken dat je dat als kind niet lustte, of dat je met een ander mens kon praten en discussiëren over tijd en onsterfelijkheid? En elk moment bevatte tientallen van dat soort wonderen. Waarom moest daar een eind aan komen? 'Natuurlijk moet je moeite doen,' zei hij. 'Maar dat is nu ook zo. Je moet je blik fris houden en niet denken dat je alles weet en alles al hebt meegemaakt – maar dat heeft niks met sterfelijkheid te maken, die ouwe sokken heb je nu ook.'

Hij zag zijn geestdrift niet weerspiegeld in Vincents gezicht. Misschien was Vincent immuun voor dit soort zintuiglijkheden – bestond zijn wereld uit ideeën en grote lijnen en zag hij niet dat ideeën alleen maar bestaan omdat er nog iets anders boven ze bestaat. Ja, dacht hij met een gevoel of hem een handig argument werd aangereikt: als iemand van alles een grijpbaar en afgerond beeld heeft, is het wel Vincent.

Ze keerden terug naar hun rijtuig. Vincent liep voorop. Er werd omgeroepen dat het buffet over tien minuten sloot.

'Zeg,' zei Paul. 'Dat meisje' – de trein schokte, hij greep de hoofdsteun van een stoel om zijn evenwicht te bewaren – 'dat meisje van *O god o god* – ging dat in het Engels?'

'Ja hoezo?'

'Nou – dan was het fake. Anders had ze het wel in het Japans gezegd.'

5

Opeens is het weg – het verdovende gewiebel van de trein, een landschap waarin het ene na het andere uitzicht als pagina wordt omgeslagen, de grillige omlijsting van je gedachten door andermans gesprekken. Nu opent zich de sluis, nu raakt alles los en stort elk zich met zijn samengeraapte bagage vooruit en daar gaat het, bladeren en twijgen op de vloed, tuimelend en kolkend om hoeken, golvend over trappen en weer voort, voortschietend al haakt soms de blik aan een verloren schoen als een stuk drijfhout; een vertrapte, half omgeslagen krant als een waterlelieblad – en Paul las op z'n kop *immorality* of nee, ha: *immortality.* Nu werd alles rondom van blinkend staal als in een science-fictiondecor, hij stapte op een ontzaglijk lange en steil in de diepte vallende roltrap en schokte zijn tas van zijn schouder en ging als de Engelsen aan de kant staan om gehaasten langs te laten. Ze zouden niets van Londen zien, niet meer dan in het laatste kwartier voor station Waterloo, toen de trein tussen uitgeteerde industrie en roestkleurige woonkazernes door de stad was binnengeslopen.

'Dat is inconsequent –' zei Vincent, 'ze staan hier gewoon rechts in plaats van links. Zie je wel dat dat natuurlijker is.'

Schrijf een brief, zou Lotte op zo'n opmerking zeggen. Als vanzelf zag Paul voor zich hoe ze dat zei; op wat voor toon (borend) en met wat voor gezicht (uitgestreken) – en hoe gedateerd het nu zou klinken, zo'n frase die een bepaalde tijd lang onder een bepaald soort studenten gangbaar was. En niet alleen deze: in elke la van je geheugen lagen er tientallen die het vermogen bezaten je met één vleugelslag terug te voeren naar hun herkomst, een terugwijkende periode ergens in de jaren tachtig. Nu waadde hij tegen de stroom, voetgangers met vervulde, doelbewuste gezichten dreven langs hem weg. Hij keek terwijl hij voortliep om zich heen – hooguit vierhonderd kilometer van huis maar hier al hadden mensen wezenlijk andere gelaatstrekken dan in Nederland; klassieker, als uit films van na de oorlog. Ze gingen ook anders gekleed: meer mannen in pak, minder tieners op gympen. Maar dat was prachtig aan reizen – dat je zag hoe het verschoof: mensen, kranten, huizen, trottoirs en uiteindelijk zelfs natuur; de bomen, geuren, het licht. En het had een enorme macht – je kwam één keer op een plek in het buitenland en het maakte voorgoed deel van je uit, anders dan met plekken in Nederland waar alles even eenvormig en vergeetbaar was. Het deed denken aan een animatie met Napoleons veroveringen als uitdijende vlek. Nu ontstond er een opstopping, hij botste half tegen Vincent op, zag dat die zijn hand zoekend in een broekzak stak – sleutels, ticket. Maar reizen, dacht hij, beperkte ook; zodra je in een nieuw land kwam (hij herinnerde zich de eerste keer Italië, Ierland) bleek dat alle verwachtingen meteen werden ingeperkt en gesnoeid, alsof naar een ijzeren wet verbeelding en werkelijkheid complementaire werelden bleven. En daar – het werd natuurlijk opgeroepen door dat bord met *Jesus Lives! Do you?* dat een oude sukkel die hij maar net ontweek om zijn nek had hangen – daar was nog zo'n tijdcapsule van Lotte: een koffiemok met de tekst *When God created man, She was only joking*. In haar hoge koude kamer in een huis met nog drie studentes viste hij het ding met een precieus gebaar uit de kast en hield het omhoog en declameerde dat *When God* tot zij de mok uit zijn handen griste. Nu zou hij die mok kopen als hij in een souvenirwinkel stond. En het ging zo met alles; juist de onbenulligste popnummers van toen bezaten een tentakel die je vandaag bij je oren greep en weerloos terugsleurde en onderdompelde. Via een nauwe gang kwamen ze op een smal perron met een gekromde tegelmuur waar minstens tweehonderd mensen stonden te wachten. Hij trok zijn tas over zijn andere schouder, keek naar de gezichten om hem heen en naar de concaaf meebuigende rij identieke billboards met een afbeelding van een sierlijke gouden armband en de tekst *Early Celtic Art in The British Museum.* Hoe verschillend was hij hierin van Vincent – want vaak vond hij het heerlijk op te gaan in een menigte. Hij kreeg er het beeld bij (of nee – niet zijn eigen gedachte; ergens gelezen, een jaar of wat geleden) van een spreeuw in een boven daken golvende zwerm – mee in de vlucht van anderen en toch in staat jezelf los te maken zodra je dat verkoos. Hij dacht aan de vogel – ja, ook een spreeuw – die hij een paar uur terug, rond halfacht 's ochtends in Rotterdam, kruimels had gevoerd toen hij op zijn aansluiting naar Brussel wachtte. En ook daar, terwijl hij nog niets wist van Vincents krantebericht, had hij gevoeld dat het genoeg was: dit leven, de plek waar je je bevond, en al je zintuigen – god, als het erin zat dat dit kon blijven, zette je toch zeker alles op alles? Hij kreeg het moment voor zich, vouwde het open: het zonlicht dat over de perrons kroop, tegel voor helle tegel het station binnendrong en de rails en hoogspanningsdraden liet gloeien en pauwekleuren zette in de veren van die rondscharrelende spreeuw. Ja, voelde hij terwijl hij onwillekeurig knikte, zeker was dat genoeg – het heldere glas van de dag dat zich begon te vullen. Zelfs daar, op zo'n dood betonnen station, stroomde wanneer je maar durfde (en dat had hij tenminste in zich, misschien zijn enige talent) binnen de kortste keren alles over van pure schoonheid; de ramen van een wegschokkend treintje hadden één voor één een foto genomen, het fluitje van een conducteur schoot als een zilveren naald door de lucht. En het deed er niet toe waar je was, je voelde hoe elke plek in beweging kwam zodra je echt keek, zodra je aandacht zich boog als over een mierenhoop – hoe de wereld zoemde en ritselde en onophoudelijk werd aangeraakt door – door de tijd; ja, wat anders. En wat bewoog de tijd? Of werd alles (hijzelf, spreeuwen, de Engelsen die nu bij het binnenrijden van een metro in plechtige eensgezindheid hun aktentassen en zwarte paraplu's oppakten) voortgeduwd en bleef de tijd roerloos en zag je dat zodra je het verlammende geloof in je sterfelijkheid losliet? En Vincent zei: 'Deze nog niet, volgende' en de metro kwam tot stilstand, passagiers stroomden gedisciplineerd uit en in en een stem waarschuwde: *Please stand clear! Mind the gap between the platform and the train!*

'De grootste stad van Europa boven je hoofd,' zei hij opgetogen. 'En wij gaan er onderdoor – zoiets zou een oude Kelt als de krankzinnigste gebeurtenis van zijn leven beschouwen!' (En dit hoorde, dacht hij, echt bij vakantie – Nederlands praten tussen de buitenlanders alsof ze planten zijn.) 'Maar,' vulde hij aan, 'wij zouden het leven van een vijfentwintigste-eeuwer krankzinnig vinden.'

'Nou,' zei Vincent, 'jij gaat dat meemaken, toch?'

'Ja!' zei hij. Maar hij kon het zich helemaal niet voorstellen, niets in hem hield zich bezig met de toekomst. Waar hij leefde dat was hier, deze ademhaling en deze plek. Hij probeerde het, probeerde zich iets anders voor te stellen maar het enige dat over hem kwam was de gedachte dat het verbazingwekkend was dat wij van alles over de Kelten wisten maar zij helemaal niets van ons, niet het flauwste vermoeden hadden gehad. En daar gloeiden de ogen van een volgende metro in de duisternis van de tunnel. De rails gilden, vonken gutsten van de wielen. Ik heb háár omarmd, dacht hij opeens. Ik omklemde haar als een drenkeling een balk. En terwijl hij in de lampen staarde nam iets dramatisch bezit van hem – dat het verbijsterend was hier te staan. Een stroperige angst drong zijn aderen binnen, het was of alle licht en menselijke beweging verkrampten, of iets in dit moment wankelde, dreigde neer te storten. Want dit verschoof: het leven als eeuwigheid werd te veel waard, te absoluut om te kunnen omarmen. Hij merkte dat hij zijn adem vasthield – tot de deuren voor zijn neus zich met een ruk openden. Hij stapte opzij voor een groep discussiërende Italianen die een enorme omriemde hutkoffer meevoerden als een prijsstier, ging vervolgens op een van de banken zitten die aan weerszijden in de lengterichting waren geplaatst, waardoor de ruimte in het midden open was. Vincent koos een plek tegenover hem.

Een lichte maagkramp kwam opzetten. Zijn tong voelde dik aan, een stikkende vis. Achter zijn oor drong een pijntje als een speld zijn schedel binnen. Hij kende dit van te korte nachten: je stortte een paar keer in, je concentratie dwarrelde maar verder ging eigenlijk altijd alles opvallend goed en 's avonds had je nergens meer last van en maakte je het opnieuw te laat. De metro schoot vooruit, het interieur leek op een opzettelijke manier naïef vrolijk – brandweerrood met smurfenblauw geblokte bekleding over de banken. Alles goed onderhouden, schoon, met veel licht en geen graffiti.

Hij was niet bang geweest toen hij daar met Lotte balanceerde, geen moment. Hoe kon dat? Omdat je er zo volledig op geconcentreerd was te blijven leven, of misschien zelfs alleen maar op de gebeurtenis zelf, dat er domweg geen plek bleef voor angst? En was het dan waar wat werd gezegd – dat neerstorten van een berg de genadigste dood was? Hij zag dat de ruimte met alle boven de rugleuningen uitstekende hoofden in de ramen gespiegeld werd en dat de spiegeling ook werd gespiegeld alsof zich aan weerszijden een oneindige hoeveelheid rijtuigen met identieke mensen in gelijke richting voortbewoog. Hij keek naar Vincent, die eens anderhalf, twee jaar lang een van zijn beste vrienden was geweest en wat betekende dat nu, vandaag? Met nuchtere helderheid drong het door: het was totaal veranderd, ze waren als ijsschotsen losgeraakt – in het begin zag je de ander nog en leek het of alles bij het oude bleef en even vertrouwd doorging en dan bleek dat je zo ver uit elkaar was gedreven dat de afstand onoverbrugbaar was. Het rijtuig schudde en schokte opeens geweldig en iedereen schokte willoos mee, alsof ze zich binnen in een stalen drilpudding bevonden en hij zag Vincent voor zich die op weg naar Ålesund op een pont over een fjord op een plechtstatig toontje zei dat hij nooit hoofdpijn had, *behalve* wanneer hij 's ochtends geen koffie had gedronken. Hij deed vaker dat soort uitspraken waar niemand om had gevraagd, alsof alles wat hij te melden had hoe dan ook belangwekkend was. En nu (want herinneringen wortelden altijd dieper, zo bleek wanneer je ze stevig omhoogtrok) kwam meteen meer boven – zoals dat het een van de weinige dagen was geweest met regen; op het stille, bijna een kilometer diepe water breidden zich luie cirkels uit en nevel hing in langgerekte sluiers door de fjord. Ze hadden twee uur bij de verlaten pier op het veer gewacht en rondgehangen, later had in het plaatsje aan de overkant voor een afgebladderd vergeetmijnietjeskleurig hotel een man met een gevorkte baard en een pijp gezeten (kletsnat, roerloos – maar zijn pijp rookte) en het was hem die dag weer opgevallen dat de Noren hun begraafplaatsen zo uitzonderlijk goed onderhouden en wat, wat was uiteindelijk van die samen meegemaakte tijd, van die vriendschap gebleven? Het was ongelooflijk vreemd nu hij Vincent zag zitten – koffer tussen zijn knieën, alert, grimmig – en om die krimpende kern van vertrouwdheid heen alleen onbekenden, mensen aan wie je de rest van je leven nooit terugdacht. (Hoewel het geheugen altijd ondoorgrondelijk bleef – hij herinnerde zich nu al niet meer de gezichten van het Franse echtpaar dat recht tegenover hem had gezeten terwijl hij probleemloos dat van de vrouw in een snoepwinkel uit zijn prilste jeugd kon oproepen, of van een popzanger die hij zelfs nooit in het echt had ontmoet.)

'Nog zes,' zei Vincent. Paul knikte. De metro kwam tot stilstand, deuren ratelden. *Oxford Circus*, stond op een blauwe balk in een roodwitte cirkel op de glimmende tegeltjesmuur. Tientallen mensen stapten uit en kwamen binnen zonder elkaar te raken. *Mind the gap*. Steeds dezelfde, keurige intonatie. Toen ze weer in beweging kwamen, zag Paul buiten een accordeonist met het gezicht van Boris Jeltsin.

Hij gaapte, sperde zijn ogen. Maar alles veranderde als je eeuwig bleef bestaan – en juist niet zoals Vincent dacht. En er veranderde iets aan de dood; want het kon niet anders of die werd groter, werd een onvoorstelbare ramp. Stel je voor: een dom verkeersongeluk, een val in een gletsjerspleet terwijl je duizenden en duizenden jaren kon leven! Je kon er trouwens gif op innemen dat Vincent het vanavond ter sprake bracht en dat dan ook Lotte haar bezwaren op hem zou loslaten. Maar toch, dacht hij terwijl hij de ouders van Lotte voor zich zag (die vermoedelijk nog leefden – die vader met de oogopslag van een dromedaris en een aandoenlijke voornaamheid en haar moeder met de eigenaardige koketheid van vrouwen op leeftijd uit die milieus) – wat Lotte ook inbracht: hij zou er voor kiezen. En het zou hoe dan ook gebeuren, als het niet over twintig jaar was dan over vijftig; want je zag inderdaad dat, zoals die Amerikaan in zijn stuk zei, de wetenschap er al decennialang op af koerste. Het zou achteraf verbijsterend lijken hoe vlug het was gegaan, en nog verbijsterender dat mensen hun twijfels hadden gehad.

Baker Street. Nog meer mensen, het drukste station tot nu toe. *Mind the gap* was er ook weer, hoewel de *gap* te smal was voor een babyvoetje.

'Baker Street – dat is toch iets met Poirot? Agatha Christie?'

'Sherlock Holmes,' zei Vincent sereen.

Twee mannen kwamen naast hem zitten. Paul hoorde de een tegen de ander zeggen: 'You give me the shoes tomorrow Chris, right?'

Misschien betekende twintig jaar geleden niks meer. Je kon nooit terug. Maar als zelfs dat mogelijk werd – hij kon tegenwoordig geen minuut naar studenten luisteren zonder ze dom en belachelijk narcistisch te vinden. Hoe kon het dan dat de gloed van die tijd bleef; hoe kon het, dat hij van alles de banaliteit en beschamende onnozelheid zag, zoals bij die waardeloze muziek op de radio, en dat dat toch niet opwoog tegen het idee dat hij nooit meer had geleefd als rond zijn twintigste? Ze stapten uit op Paddington Station en liepen een grote rumoerige hal in met een vloer van zandstenen tegels, veel glas en een stalen raamwerk met jugendstilachtige arabesken waarop het hele boogvormige plafond rustte. Lage hekken beletten de toegang tot de perrons vanwaar treinen naar het westen en noorden van Engeland vertrokken. Anders dan in Nederland mocht je niet verder voor je trein aankwam en bij een toegangspoortje je ticket was gecontroleerd.

'Great Western,' zei Vincent omhoogkijkend. 'Tien minuten, perron vijf. Nog tijd voor koffie?'

'Wacht maar,' zei Paul. 'Ik haal wel.'

'Heb je ponden?'

'Een paar. Genoeg. Als er zo nog tijd is ga ik wel even pinnen.' Hij hurkte neer om een veter vast te maken. Tien minuten, dacht hij, en dan nog drie uur. Hij liep naar een stand waar al een rij stond, sloot aan, keek opzij naar mensen in de hal. Drentelende agenten met felgele hesjes en petten met een zwartwitte, in dambordpatroon geblokte band. Een regiment kleine kinderen in schooluniform. Een Sikh met tulband en sneeuwwitte snor. Je zag duidelijk het verschil tussen forenzen en reizigers; de laatsten keken anders rond, keken vooral anders naar andere mensen. In de *Underground* was het ook te zien geweest; wanneer een forens rondkeek was het nadenkend, niet observerend zoals de reiziger die alles gretig opnam – een forens ontweek alle blikken of staarde dwars door je heen. Omgekeerd werd voor de reiziger alles wat betrekking had op de actualiteit onbeduidend. Het weer van morgen? – oninteressant. Een wankelend kabinet? – so what. En het scheen hem opnieuw toe dat er iets wezenlijks en alomvattends school in stations, in treinreizen, in het uitzicht op een verglijdend land met de zon als metgezel. Hij legde geld neer, pakte twee bekers kokendhete oploskoffie aan.

Ze moesten naar voren doorlopen, naar het eerste rijtuig achter de diesellocomotief. Toen de trein, die veel ruimer en minder druk was dan de vorige, een paar minuten later het station verliet, zei Vincent – nu tegenover hem – dat hij niet gewend was zo vroeg op te staan en dat hij ook nog steeds last had van zijn jetlag. Hij drukte zijn als kussen opgevouwen jasje tegen het raam, nestelde zijn hoofd ertegen en sloot zijn ogen. Paul rekte zijn rug en keek naar buiten, naar de versneld wegvliedende kantoren en bedrijven van de agglomeratie Londen. Misschien toch geen kwaad teken, dacht hij, dat ze elkaar niet met vragen overstelpten – want zocht je niet juist als je je ongemakkelijk voelde naar een onderwerp. Hij keek naar een groepje scholieren, kostschoolleerlingen misschien, drie jongens en een meisje, aan de andere kant van het gangpad. Ze kaartten, een van de jongens hield de score bij. Hij had een stuk kauwgom in zijn mond dat met elke beweging van zijn kaak even zichtbaar werd. Opeens keek de jongen hem aan. Paul bracht zijn vuist voor zijn mond, hoestte en keek weg. Binnen een minuut trok een onweerstaanbare kracht zijn gezicht terug.

6

Hij had zijn ogen er niet vanaf kunnen houden; het werkte op je lachspieren en hypnotiseerde tegelijk. Soms dwong hij zijn blik opzij en keek langs Martins gezicht – naar de immense zondoorschoten ruimte van de Geirangerfjord met de achterliggende bergrug en in de diepte het door lukrake windvlagen gebezemde water. Maar dan, voor hij er zelf erg in had, staarde hij weer naar Martin, naar hoe Martin at.

Het was niet alleen dat Martin met volle mond sprak en lachte, zodat zich nauwkeurig liet volgen hoe grondig alles tussen zijn kiezen werd rondgemalen; of hoe hij, linkerelleboog stevig op tafel als een boer, de in zijn rechtervuist geklemde vork gebruikte om wat op zijn bord lag naar binnen te hooien – het was ook alles daaromheen. Hoe hij, of hij landjepik speelde, zijn sla na het opscheppen met veel wapengekletter langs rechte lijnen sneed. Hoe toegewijd hij aardappelen prakte tot een substantie met dezelfde textuur als de appelmoes die ernaast lag. En hoe hij er dan op aanviel – alsof al dat overwonnen en doodgemepte eten het nirwana zelf was! Paul trok zijn gezicht in de plooi en keek opzij naar Vincent, die samen met Lotte had gekookt.

Maar jeugdherbergen in de rest van Europa, smakte Martin, lieten zich niet vergelijken met die in Scandinavië. Alles kraakhelder en zo luxe! Lotte wierp tegen dat ze in Zwitserland even keurig waren. Mmm alleen Zwitserland dan, zei Martin met een pareltje vet op zijn kin. Maar je moest eens in Frankrijk of Italië komen – en daar werd ook nog ontzettend gestolen terwijl je hier niet eens je deur op slot deed.

Martin morste; Paul had eens een keurige Q van rijstkorrels gezien waar Martins bord had gestaan. Hij kreeg de aandrang iets als 'je hebt een mes, Martin!' te proberen, keek weer weg, schuin omlaag naar het slaperige havenplaatsje Hellesylt waar een melkwit schip met een zwarte romp verscheen dat behoorlijk groot moest zijn maar vanaf hier, vanaf het hooggelegen grindterras van de jeugdherberg, speelgoedachtig klein leek.

Londen rekte zich. Achter het glas passeerde een watertoren, en een groot autokerkhof met aan de rand, voor een woonhuis tegen een dijk van zwarte banden, een waslijn met drie blauwe overalls die koppig tegen de wind in doken; een oud schoolgebouw met alleen maar ingegooide ruiten. En naast zijn herinnering aan Martin schaarde zich een andere, nog oudere – hij liep door een lege gang, met stappen die galmden door de stilte van het gymnasium na vieren; hij was zestien en op weg naar het huiswerklokaal waar op dat uur één leerling zat: Hetty van Velsen, zijn klasgenote en dochter van de rector, met wie ze altijd naar huis reed. Vandaag zou hij na weken oogcontact en onhandige toespelingen zijn liefde verklaren. Hij liep het laatste stuk op zijn tenen en gluurde met stilstaand hart door het raampje in de deur. Daar zat ze – en profil, over haar schrift gebogen, de achterkant van haar potlood tussen haar lippen. Haar spitse Cleopatraneus, trage wimpers en opgestoken haar waren speciaal voor de gelegenheid door een aureool van tegenlicht omgeven. En toen, precies op het moment dat een groeiende opwinding zijn ingestudeerde frasen een zetje gaf, legde ze het potlood neer, stak haar rechterwijsvinger met gelakte nagel in een neusgat, wrikte, haalde hem weer te voorschijn, onderwierp het opgedolvene aan een kort onderzoek en bracht de vingertop in een soepele beweging naar haar mond – in haar mond. Hij was achteruit gestapt en had niet meer geprobeerd met haar alleen te zijn. Tegelijkertijd bleef hij tijdens de lessen naar haar kijken – ze was even betoverend maar het was onmogelijk: zodra hij dacht aan toenadering zag hij die vinger in haar mond. En terwijl hij zich nog herinnerde hoe zijn fascinatie klasgenoten was opgevallen, en die pas toen concludeerden dat hij smoorverliefd moest zijn, weken zijn gedachten weer terug naar dat terras boven de fjord in Midden-Noorwegen en naar Martin, die hem opeens recht had aangekeken en 'Wat nou?' zei.

'Hoezo wat?' had hij teruggezegd.

'Je lacht me uit,' zei Martin. 'Wat is er?'

'Ik lach je helemaal niet uit – ik moest gewoon aan iets denken.'

'Joh, je zit me de hele tijd met zo'n rare grijns aan te staren. Zeg nou maar wat het is, dan kunnen we allemaal meelachen.'

Hij haalde zijn schouders op. Lotte, schuin tegenover hem, leunde achterover en zei spotzuchtig: 'Ik zag het ook. Je wordt nu trouwens rood.'

'Grappig hoor,' zei hij. 'Er is niks. Ik dacht ergens aan en toen moest ik blijkbaar lachen. Had het zelf niet eens in de gaten.'

'Je zit me al minstens een kwartier aan te gapen,' hield Martin vol.

'Kom Paul, zeg het maar,' zei Vincent met zijn handen voor zich op tafel. 'Martin kan wel tegen een stootje.'

Martin schoof zijn bord van zich af en stond op. 'Ik ga koffiezetten,' zei hij. 'En als ik terug kom wil ik horen wat er zo grappig aan mij is. Oké?' Hij stapelde de borden en liep ermee over het grind naar de achteringang van de jeugdherberg. Vincent en Lotte zeiden niets en bleven hem belangstellend aankijken. Vanuit de haven kwam het geluid van een scheepshoorn; één stoot – een iel, benepen geluid als de scheet van een dinosaurus.

'Wat nou?' zei hij defensief.

Natuurlijk zouden ze hartelijk concluderen dat hij een pietlut was, en er een running gag van maken waarmee ze maanden vooruitkonden. *Ellebogen van tafel jongens, anders wordt Paul niet goed. Niet smakken, dat vindt Paul niet esthetisch!* Maar dat was geen punt, het probleem was dat hij nu al kon voorspellen dat Martin zich zoiets echt zou aantrekken – wie weet was commentaar op hoe je at voor hem wel even lullig als voor een ander een beschuldiging van hypocrisie of gierigheid. En dat terwijl hij Martin op dit ene na juist erg aardig begon te vinden; helemaal iemand die (hij had het een week daarvoor letterlijk zo gedacht) het beste met de wereld voorhad en zichzelf daarbij vergat. Zelfs Vincent had iets in die richting gezegd – dat er rustgevende bezieling of zo van hem uitging. Lotte had opmerkingen gemaakt die uit haar mond welwillendheid suggereerden, zoals dat Martin bij het meubilair van de groep hoorde en een uitslover was – want Martin wilde het ontgroeningsritueel (wie voor het eerst als eerste op een top stond moest een blik sardientjes met olie en al ad fundum innemen) in ere houden, ook al was hij zelf wellicht het volgende slachtoffer. Ja, dacht hij, het was onmogelijk een hekel aan hem te hebben. Je wist bijvoorbeeld zeker dat je hem midden in de nacht ergens voor uit bed kon bellen. Martin werd de spil van het klimmersgezelschap, hij organiseerde en maakte zich sterk voor letterlijk alles zonder zichzelf belangrijk te vinden. En Martins eigenaardigheden werden hem dierbaar, zoals zijn manier van praten tegen een groep – dan sloeg hij een bezwerende toon aan alsof er net een staatsgreep was gepleegd (en vooral niemand in paniek moest raken). Martin kon zo hard lachen dat het pijn deed aan je oren. Maar wanneer je met hem alleen was bleek hij aarzelend; hij schepte niet over zichzelf op zoals Vincent maar bekende bijvoorbeeld juist – en bijna deemoedig – te zijn gestopt met rijlessen omdat hij de snelheid van het andere verkeer maar niet goed kon inschatten. Hij formuleerde omzichtig, relativeerde alles met 'misschien' of 'eventueel' en had de gewoonte zinnen niet af te maken zodat je geneigd werd dat voor hem te doen. Er waren wel dingen die echt sarcasme opriepen maar het noemen daarvan zou weer veel kinderachtiger klinken dan suggesties voor het hanteren van je tafelgerei; zoals dat Martin als een padvinder gehurkt op de grond zat, of *Lacoste*-polo's droeg, of zo serieus over het weer praatte, of een dag lang iedereen met 'u' en 'als het mijnheer schikt?' aansprak, of zich er druk over maakte of ze wel genoeg vitaminen binnenkregen. En Martin had stokpaardjes: 'de periode van uitstel die studie wordt genoemd' en 'je studententijd is de laatste vrijblijvende tijd in je leven, daarna moet je er iets mee gaan doen'. Nadat Martin eens verscheen met te veel aftershave op was hem de opmerking 'daar heb je Martin met zijn geurvlag' ontsnapt – wat Vincent een verbaasde grijns ontlokte en Lotte fel deed reageren: 'Hij kan tenminste ergens om lachen. Jij lacht alleen om je eigen grapjes.'

Aan de zwenkende blik van Lotte zag hij dat Martin terugkwam. Martin zette vier koppen koffie op de houten tuintafel en ging weer tegenover hem zitten. Er werd niets gezegd. Lotte pakte haar kop in twee handen en begon er geluidloos overheen te blazen. Vincent hield een suikerklontje boven zijn koffie.

'Oké dan,' zei hij. 'Ben jij nou religieus of niet? Ik wilde er niet over beginnen maar als je het per se wilt weten: het valt gewoon op dat jij je altijd als het die kant op gaat stil houdt of op z'n minst vaag doet. Ik bedoel – als je dat zoetwatergeloof van je ouders niet wilt afvallen, prima. Maar kom er dan ook voor uit.'

Een gelukkige greep – Lotte en Vincent keken niet langer naar hem maar naar Martin. Want Vincent en Paul waren protestants opgevoed, Lotte kwam uit een Vrije School-milieu (de Steinersekte zoals ze zelf zei); ze hadden daar elk mee afgerekend maar Martin die een katholieke achtergrond had en dus nauwelijks iets had om mee af te rekenen, hield zich inderdaad op de vlakte wanneer er een grap over de Paus of roomse mores werd gemaakt. Martin begon met zijn ogen te knipperen en glimlachte toegeeflijk: 'De evolutietheorie heeft ook haken en...'

'Maar als je IQ groter is dan je schoenmaat,' viel Lotte hem in de rede, 'zie je dat dat een irrelevante vergelijking is.' Waarop zij en Vincent de discussie soepel overnamen – Vincent ging met hem mee; als Martin maar gewoon zei dat hij de hele rataplan geloofde en dat iedereen die dat niet deed eeuwig moest branden! En toen Martin in plaats van te reageren opzij lachte en een antwoord begon met 'eventueel' en 'misschien' en Lotte hem giftig afbrak met dat ze precies daarin, in dat ontwijkende lachje, het arrogante voelde dat alle religieuzen over zich hadden, een arrogantie die alleen een vermomming was van lafheid of domheid – toen had hij zich over de tafel gerekt, zijn koffie gepakt en een slok genomen en gezegd: 'God Martin, misschien zit ik ernaast – wie zulke koffie zet moet wel een zwarte ziel hebben.'

De dag erna zouden ze de Slogen beklimmen. Die stond in elke gids van Noorwegen: een uit het lood hangende piramide van Matterhornachtige allure met aan de fjordkant een afgrond van duizend meter. 'Op het randje en je benen laten bungelen,' zei Vincent alsof ze gingen daklopen. Maar het liep anders. Hun donkergroene Taunus was de enige auto op de parkeerplaats onder aan de berg – dat was een voorteken. Vanaf het begin moesten ze zich over een modderig, spekglad pad een weg banen door dichte, kolossale varens en druppend struikgewas en boven de boomgrens waadden ze door sneeuw die al gauw tot hun middel kwam; ze waren te vroeg in het seizoen om het zonder materieel en misschien ook gids te redden want voor hetzelfde geld was er lawinegevaar. Ze pauzeerden, planden toch een traject naar de top, die zich verborgen hield in een wolk als een reusachtige grauwe suikerspin. Martin klaagde dat zijn schoenen doorweekt raakten, Lotte vroeg met haar geërgerde bezorgdheid of hij die dan niet thuis had behandeld want nu was het te laat. Paul had *Nikwax* in zijn rugzak, een wondermiddel dat hij recent had ontdekt en waarvoor het nog niet te laat was; hij greep er al naar maar zag opeens het schrokkende gezicht van Martin voor zich. Hij voelde een vreemd, wrokkig cynisme opkomen en trok zijn hand terug. Ze ploegden nog anderhalf uur achter elkaar omhoog door de sneeuw. Nergens een pad of zelfs maar een afdruk – niemand was hun die ochtend of in de voorafgaande dagen voor geweest en de kans was zelfs groot dat zij dit jaar de eersten waren. Martin had zijn dag niet, Lotte vond dat ze een betere kaart moesten hebben, Vincent wilde door maar toen ze voor de derde keer terug moesten omdat de gekozen route in een ravijn viel gaf hij toe. Martin was de eerste die omkeerde en afdaalde. Paul volgde op een paar meter. Hij twijfelde, zag echter telkens een kauwende open mond voor zich opdoemen zodra hij Martin naderde. Gedurende de rest van hun tijd in Noorwegen hield Martin last van natte schoenen. Hij liep zijn voetzolen kapot en een turquoisekleurige schimmel knabbelde de huid tussen zijn tenen weg – maar Paul hield zowel zijn remedie als zijn schaamte voor zichzelf.

Eindelijk waren ze los van Londen. Nadat elk zicht aan weerszijden mijlenlang was belemmerd door bebouwing werd Engeland nu uitzinnig groen. Over glooiende velden liepen mensen in lange jassen; om de een of andere reden (*Brideshead*, Jane Austen-verfilmingen) had hij landhuizen en kastelen verwacht, slechts af en toe stond er in de verte een tegen een heuvel – maar er doken wel steeds grijsgrauwe kerken met robuuste Normandische torens op. Hij zag in het glas een groot blauw oog, realiseerde zich op hetzelfde moment dat het zijn eigen oog was.

Maar ik ben toch niet de enige die zo bekrompen is, dacht hij terwijl zijn blik bleef hangen aan een cricketveldje met in het midden een jongen die absurd grote witte scheenbeschermers droeg. Je ging ervan uit dat je oordeel over een ander genuanceerd was, dat het ontstond uit een veelheid van indrukken maar dat was helemaal niet zo, het werd grotendeels buiten je bewustzijn en door maar enkele dingen wezenlijk bepaald – misschien werd je gestuurd door voorkeuren die sinds je vroegste jeugd verankerd lagen en die je zelf nooit meer dan rudimentair in kaart zou kunnen brengen. Schoonheid, een prachtig en in-goed karakter, genialiteit – uiteindelijk bleek dat niet opgewassen tegen een verkeerd vastgehouden vork.

Een week geleden leek het een aardig idee: een potje *Nikwax* (het bestond nog) als cadeau – *for old times' sake*. Maar Martin zou het natuurlijk niet vatten en dan moest hij het uitleggen en zou Martin erom lachen? Hijzelf zou dat kunnen, zou iets karaktervols zien in zo'n bekentenis. Maar Martin – het lukte niet een ander beeld te krijgen dan hoe Martin toen was geweest. En zo dwingend was blijkbaar je herinnering, dat je iemand die je als jong had gekend als jong bleef zien, en omgekeerd kon hij zich bij mensen die oud waren ook nooit een andere voorstelling maken – zijn grootmoeder als puber, zijn vader verliefd. Martin was serieus, rechtlijnig; dat was hij de eerste keer al geweest, die avond dat Vincent hem meenam naar de klimmers. Want Vincent en Martin hadden elkaar bij toeval ontmoet, op een manier die achteraf Martin ten voeten uit bleek – Vincent was bebaard en bezakt teruggekomen van de Kaunergratcursus en had in de stadsbus vanaf het station naar zijn kamer een tas met stijgijzers laten staan. Martin was ermee uit de bus gesprongen en hem achterna gerend, Vincent had hem bedankt en gezegd dat hij gehecht was aan die spullen en Martin reageerde: 'Nou, zo gehecht dat je het gewoon laat liggen.' Die opmerking beviel Vincent wel, en hij had hem uitgenodigd langs te komen.

Loslopende pony's draafden in een veld. Er liepen mannen – knaloranje werkpakken, witte helmen – die werkten aan het spoor. Paul keek weer naar de jongen, die zijn kauwgom uit zijn mond haalde en keurig in het papieren afvalzakje bij het opklapbare tafelblad aan de raamkant stopte. Hoe dan ook, dacht hij – hij had die avond bij die fjord goddank niets tegen Martin over tafelmanieren gezegd.

7

'Nergens klokken,' zei Vincent zo terloops dat het leek of hij de hele tijd wakker was geweest.

'Heb je dat gezien? Geen klokken boven de perrons en ik heb al vier stations opgelet. Dat is toch raar een station zonder klok, je zou zeggen dit is een ontwikkeld land –' Hij strekte zijn arm langs het raam, Paul zag hoe een frons zich op zijn voorhoofd nestelde en precies zo zat hij destijds ook in de auto: knieën uit elkaar, harige arm op de rand van het portier waarvan de ruit omlaag was gedraaid. Vincent hield dan doorgaans twee vingers onder aan het stuur en reageerde zorgwekkend traag op ander verkeer; je hoorde van tijd tot tijd het geraas van de banden op de geribbelde middenstrepen. Daar stond tegenover dat hij het opmerkelijk lang volhield, soms reed hij tot na elven en Paul herinnerde zich honderden kilometers verlaten kustweg tussen Ålesund en Trondheim – 's avonds zag je ondanks de junizon op het platteland geen Noor buiten. 'Zie de wereld na de neutronenbom,' had Vincent ironisch verklaard, waarop Martin vanaf de achterbank naar een meeuw wees die dat kennelijk overleefde en Lotte laatdunkend inbracht dat er helemaal geen neutronenbom bestond, dat die alleen in theorie gemaakt kon worden en dat het allemaal propaganda was geweest om ons warm te houden voor de wapenwedloop.

'Dacht jij vroeger,' zei Paul nu, terwijl hij een achtergelaten Engelse krant van de zitting naast zich pakte, 'dat ze de bom echt zouden gooien?'

'Nog steeds,' zei Vincent.

'Kan me gewoon niet voorstellen dat dat toen zo belangrijk leek,' zei Paul, 'en dat de hele wereld zich zo druk maakte.'

Vincent hield zijn hand bij het raam en tikte er zachtjes tegen met zijn knokkels.

'Ah,' zei Paul, de krant openvouwend, 'hier ook al.' Hij keek de kolom langs – ja, zelfde stuk, alleen uitgebreider, de Nederlandse versie was een samenvatting. Maar dit was toch een fraai beeld, zei hij zonder op te kijken. Hij sloeg de pagina plat en las vanuit het Engels: *Waarom worden we ouder? Omdat ons* DNA *zich verdubbelt en daarbij soms fouten maakt. Zie het als wanneer je een vel papier met tekst op een kopieerapparaat legt en dan van de kopie een nieuwe kopie maakt enzovoort. Op den duur zijn de let-*

ters niet meer te lezen en (hij keek even op, kreeg de aandrang Vincents onrustige hand te grijpen en stil te houden) *precies zo vergaat het ons: uiteindelijk kunnen onze cellen niet meer leven en zo gaan we letterlijk kapot als we oud worden. Maar wat als we het kopieerapparaat zuiverder afstellen? Of de periode tussen twee kopieën verlengen?* Vincents onderlip bewoog, Paul ging door – dat er moleculen waren die je cellen als het ware op slot gooiden en zorgden dat ze langer bleven bestaan; ze zaten in rode wijn, pijnboompitten en wie weet waarin nog meer. Hij hoorde hoe hij vlugger begon te praten en snoof wanneer hij tussen twee zinnen ademhaalde.

'Is het niet gewoon jaloezie,' zei Vincent terwijl hij naar zijn eigen hand keek en die als een schelp sloot. 'Het hele idee – dat het onverdraaglijk is dood te gaan terwijl de wereld vrolijk doorgaat en jou niet nodig heeft?'

'Dat geloof ik niet,' zei Paul. Nee, zei hij; ja misschien als je zo ijdel was te willen dat er na je dood iets van je bleef bestaan. Je had mensen die daarom kinderen kregen of kunst maakten maar zo dacht je toch alleen als je jezelf erg belangrijk vond. 'Nee,' zei hij, 'dat lijkt me juist het enige aantrekkelijke aan doodgaan – dat al het gedoe en de dingen waar je je levenslang voor schaamt eens door iedereen zullen zijn vergeten. Nee – ik vind het geweldig te leven en verder niks. Let op, weer een station.'

Door de snelheid van de trein konden ze niet zeggen of er een klok had gehangen. Paul zag de tijd op het horloge van een van de scholieren. Nog twee uur. Lotte en Martin hadden een kind. Hij zocht nog een toepasselijk argument maar bleef hetzelfde denken – dat je alleen dit ene nodig had, dat je één simpel ding op elk moment moest kunnen: je afvragen hoe daar in die steeg van de rommelige stad waar ze nu doorheenschoten die gevlekte hond heette, of je hart voelen opspringen bij iets doodalledaags als de geur van versgeperste sinaasappels of regen op een droge straat, of je voorstellen hoe het was dat meisje dat hij daarstraks bij een Franse boerderij op een brommer zag stappen als geliefde te hebben, of de melkweg herkennen in een zwerm spreeuwen. En dat je in alles weerspiegelingen zag en het hart van de dingen zocht zoals daar, dat vervallen kantoorpand – die verschoten roodwit gestreepte markiezen die ademhaalden en zich volzogen met zomerlucht.

'Ga niet beweren,' zei Vincent neutraal, 'dat wanneer jij hoort dat iemand dood is – van je middelbare school of zo, geen al te nabije kennis – dat je dan niet stiekem heel even blij bent dat jij leeft en er nog bent, alsof je de wedstrijd hebt gewonnen.'

'Scuse me?' Paul keek opzij, het was een van de scholieren. 'Please – what's that language you're speaking?'

'Dutch.'

'Told you so,' zei de jongen triomfantelijk tegen de anderen.

'So you cannot understand us?' zei Vincent.

Een van de jongens bij het raam wees naar de jongen tegenover hem: 'Perhaps he does. He speaks Welsh.' Waarop de andere jongen zijn mond wijd open deed en geluidloos lachte.

'You're going to Cardiff?' vroeg het meisje.

'Swansea,' zei Vincent.

'As tourists?'

'No,' antwoordde hij met een snuifje. 'We're visiting some friends from our – student-alpine-club. They're Dutch but they live in Wales now.' Hij bleef haar aankijken en vroeg of het klopte dat er geen klokken boven Engelse perrons hingen. Was dat zo, reageerde een van de jongens, dat was hem nog nooit opgevallen – misschien waren ze wel recent allemaal gestolen.

'So you're climbers,' zei het meisje.

'You don't look like a climber,' zei de jongen die Welsh sprak.

'I don't?' zei Vincent.

'He does,' zei de jongen, knikkend naar Paul. 'He's much skinnier.'

'I see!' zei Vincent.

'I imagine you would have to be skinny – otherwise you have to carry a lot of weight to the summit. And he's wearing mountain boots.'

'Zo zie je maar,' zei Paul tegen Vincent.

'So – have you climbed Mount Everest?' vroeg het meisje.

De schuifdeur van het rijtuig ging open, twee conducteurs stapten met een intimiderend 'tickets please!' binnen. 'Geen klokken,' mompelde Vincent terwijl hij in de zakken van zijn jasje zocht, 'maar gelukkig knippen we kaartjes als de beste.' Nadat Paul zijn ticket had teruggekregen, richtte hij zijn aandacht op de krant. Er werd een sekte beschreven waarvan de leden door calorierestrictie de honderdvijftig wilden halen. Dat had hij dan alvast: volgens een wildvreemde was hij *skinny*. Vincent raakte opnieuw in gesprek en vertelde de scholieren dat hij nooit op Everest maar wel op de Matterhorn en de Mont Blanc had gestaan, en van het ene op het andere moment was het of de suggestie van een avontuur een verborgen mechaniek in hem aanraakte; zijn stugheid verdween – en nu herkende Paul zelfs de gewillige aandacht van de vier. Maar ze hadden de top niet gehaald, zei Vincent terwijl hij wat in hun richting opschoof – hij mocht blij zijn dat hij het er levend vanaf had gebracht. 'Stel je voor,' zei hij, 'de temperatuur zakte tot dertig graden onder nul en er stond zo'n sneeuwstorm dat we geen halve meter zicht hadden.'

De *Great Western* reed met ingehouden vaart – misschien zaten ze achter een stoptrein. Door de traagheid leek de buitenwereld aanraakbaar dichtbij; in een feeëriek dorpje dat de spoorlijn niet goed had kunnen ontwijken was een jaarmarkt aan de gang met harlekijnachtige volksdansers en uitbundig klokgelui dat gerafeld door de ramen drong; op een zonnige straathoek met vakwerkhuizen knipoogde een knalrode *Doctor Who*-telefooncel met zijn spiegelende ruitjes, op al die oude daken prijkte een komische wirwar van schoorstenen en takken van een alleenstaande eik vlak langs het spoor hielden een roze ballon gevangen – terwijl de trein verder sjokte en een feestelijk rinkelende overweg passeerde en het dorp bleef achter, maakte plaats voor een tarweveld dat in de wind rilde als een paardevacht en daar kronkelde een smal riviertje vol felzilveren schubben, een opklimmende heuvel begon het zicht weg te duwen en dwong Pauls blik omhoog, naar een straalvliegtuig dat de hemel met een krijtlijn in tweeën deelde en hij dacht weer aan de bom, en dat al die gebeurtenissen (want het gold voor de val van de Muur, het gold voor *9/11*, voor maanlandingen, voor internet, olympische spelen, wereldkampioenschappen) werden uitgeroepen tot wat je leven van jongsafaan, het leven van jouw generatie en jouw tijd, bepaalde maar het klopte niet – hij voelde dit als groeiende zekerheid: dat in je laatste gedachten geen plek zou zijn voor die gebeurtenissen en voor alles wat kranten en televisiejournaals belangrijk vonden, en niet voor persoonlijke overwinningen, inzichten, ingenieuze plannen en carrières of zelfs maar voor een geloof; het allerlaatste waaraan je je, in bed, blind, happend naar lucht zou vastklampen was – de herinnering aan de lach van een geliefde, het uitzicht in een ver land op een plek waar je eens vijf minuten had gestaan, de geur in een huis waar je je welkom wist. Of zelfs dat niet, maar iets banaals als een draadje tabak op iemands lip of een pornografische foto die je een maand daarvoor had gezien. En het zou lijken op je allervroegste herinneringen: fragmentarisch, statisch, zonder verband, zonder moraal. Hij keek nog steeds naar de lijn in het blauw die nu eerder aan slagroom deed denken, dacht aan Martin en zijn eetgewoonten. Martin die in Californië had gewoond en lezingen hield op congressen over de hele wereld en geciteerd werd in proefschriften en vooraanstaande wetenschappelijke periodieken maar misschien nog steeds niet wist hoe je je mes vasthield. En als het klopte, als juist het kleinste de kern was en al het andere tijdverspilling, ruis – gaf hem dat dan geen gelijk over onsterfelijkheid? Want het leek of je de vergankelijkheid er vanzelf uitsneed als je zo, zonder die ruis, kon leven. Tegelijkertijd scheen het irrelevant – tijdens je leven ging je al zo vaak dood; elke keer als iets in je persoonlijkheid zich wijzigde, ook al zag je dat pas achteraf, nam je afscheid van iemand die je was geweest en aan wie je herinneringen had maar die je nooit meer zou worden. En was daarom angst voor de dood niet onzinnig. Nou ja, er kwam een lichamelijke kant bij, maar verder was het toch niet meer dan de zoveelste keer afscheid nemen van iemand die je niet langer kon zijn. Een blik op Vincent bracht *I will never grow so old again* in zijn gedachten en prompt was daar de muziek die erbij hoorde en die volmaakt paste bij zijn stemming en het sedatieve wiegen van de trein – maar zelfs, dacht hij, zelfs als je je in je laatste uur wel de grote dingen herinnerde, de rampen en oorlogen en de hele vooruitgang en je schitterende loopbaan, dan zou dat zijn door een aanraking met het persoonlijke; nooit op het niveau van ideeën.

Duisternis sloot zich als een hand om de ruiten. Dit was de tunnel onder de Severn en in tegenstelling tot bij de *Eurostar* was het rijtuig nu niet verlicht maar de tunnel wel, zij het schaars. De trein trok zich op de tast van lamp naar lamp, Pauls oren plopten, hij slikte, hoorde desondanks scherper – het geraas en gerammel en daardoorheen Vincents stem. Misschien wilde Vincent praten zolang de tunnel duurde ('De hele lucht glinsterde,' zei hij nu tegen de scholieren, 'en toch sneeuwde het niet – er was zelfs geen wolk aan de hemel.') en nu Paul hem niet langer scherp zag kreeg die stem andere contouren, werd warm, joviaal. Wat had Vincent indruk gemaakt, alleen al fysiek. Alsof hij sinds zijn elfde de baard in zijn adamsappel had en vanaf zijn dertiende borsthaar. En hij zweette als een havenwerker, dacht Paul terwijl zijn oren weer dichtgedrukt werden. Ja – hij hing sokken waar hij de hele dag op liep over de scheerlijn voor zijn tent en dan werden ze onzichtbaar onder een zwerm kleine grijze vliegjes en Vincent was zelf degene die anderen erop wees (kijk, had hij gezegd, net bijen op een imker) en hij was koket juist met dingen die een ander zou verbergen – omdat hij zo akelig volwassen was. Waarop hij, geurloze en schrielblijvende Paul, starend naar de sokken en de vliegen een spartelende theorie verkondigde over jongens en meisjes die vlug volgroeid waren, populair waren, vroeg seks hadden; hun voorsprong werd later ingeleverd en meer dan dat: die vroegrijpen verzandden in treurige huwelijken met kinderen, kregen saaie vaste banen, vergaten zich te ontwikkelen. Vincent had superieur geknikt – zo zou het ongetwijfeld lopen. Nu, twee decennia verder, bleek de theorie te kloppen als een bus behalve voor Vincent.

Het bleef donker, de verlichting in het rijtuig was misschien defect. De diesellucht die de locomotief uitstootte werd verstikkend.

'Ik zag een rotsblok van de top vallen,' zei Vincent, 'eentje maar – het stuiterde omlaag en opeens begonnen van alle kanten kleinere stenen en brokken ijs mee te stuiteren en vijf seconden later raasde een oorverdovende massa vlak langs me heen de diepte in. Twee meter verder en ik had hier niet gezeten.' Ze verlieten de tunnel. Paul keek naar het groepje. Natuurlijk was dat je enige carrière, herinnerde hij zich een uitspraak van Lotte – de mensen die je leerde kennen en wat je daarvan maakte. 'Kou en hitte,' zei Vincent, 'zijn uiteindelijk hetzelfde, op zo'n hoogte brandt de kou onder je huid.' Paul zag iets dat hem twintig jaar geleden was ontgaan: Vincent omschreef alleen fysieke aspecten van het klimmen – kou, ijzingwekkende steilheid en hoogte, geratel van vallend gesteente. Geen woord over de sensatie de enige mens op aarde te zijn wanneer je op een top stond of over de schrik die je naar je keel greep als iemand naast je half weggleed (en die hij nooit had gevoeld wanneer hij zelf misstapte) of dat een berg opeens leek te leven wanneer de wind aantrok. En Vincent overdreef weliswaar, maar alleen over de situatie en het gevaar, niet over zichzelf. Hij maakte zichzelf juist steeds een beetje belachelijk en niet al te dapper, wat zijn geloofwaardigheid sterk vergrootte. 'Mind the gap,' zei Vincent met metrointonatie. Hij lachte, zijn gehoor lachte hartelijk mee. 'Een poollandschap,' zei hij. Maar misschien, dacht Paul opeens, was hij gewoon legenden van Whymper en anderen aan het navertellen, aangelengd met een scheutje authentieke zelfspot. En had hij dat altijd gedaan. En was er nooit een echte reden geweest van hem onder de indruk te raken. Hijzelf zou in geen geval zijn avontuur op de Lofoten aan een vreemde prijsgeven, hoewel het nauwelijks een avontuur was; kop en staart bleven onduidelijk en het kon niet wedijveren met echte alpinistenverhalen, en ook het gevolg, Lotte's gebroken arm en haar gedwongen terugkeer per vliegtuig naar Nederland, was nogal truttig vergeleken bij de zwartbevroren voeten uit *Death Zone*-verhalen, bij klimmers die elkaar de diepte in sleurden omdat ze met touwen aan elkaar vastzaten, of bij die Engelsman in een van de Mallory-expedities die tijdens de afdaling van de Everest geen adem meer kreeg en ging zitten om te sterven, zichzelf in een allerlaatste reflex met een vuist op de borst sloeg, een deel van zijn door de vorst afgestorven strottenhoofd ophoestte en weer verder kon.

En daar was nog iets dat hij bijna was vergeten. Lotte kon niet alleen terugreizen – er moest iemand mee, maar niet alledrie want ze zaten met de auto. En hij en Vincent en Martin vonden elk voor zich dat ze de plicht hadden Lotte naar Nederland te begeleiden. Er was gediscussieerd en zelfs geruzied – Vincent bracht steeds opnieuw in dat hij haar oudste vriend was en Martin dat hij de enige was zonder rijbewijs. Uiteindelijk kwam de suggestie erom te loten, anders zouden ze over een week nog zo zitten. Ze zochten speelkaarten maar die waren niet te vinden, Martin stelde lucifers voor en Paul zei in een impuls: 'We kunnen erom ploffen. Ik bedoel: we zijn met ons drieën.' Er werd om gegrinnikt – het was als kinderachtigheid onweerstaanbaar en Lotte zou ontzettend pissig zijn als ze het hoorde. En toen stonden ze in de doucheruimte, legden als vanzelf, zoals je ook pijltjesrollen tot je honderdste niet zou verleren, de handen plat op elkaar en Paul sprak plechtig het *Een-Twee-Drie-Plof* – en ergens tussen Twee en Drie voelde hij aan de spanning in de hand boven op de zijne, die van Vincent, dat die zich zou draaien en besefte in een ondeelbaar moment dat hij dan ook zijn hand moest draaien. Na 'Plof!' hield Martin als enige zijn handpalm met de rug omhoog voor zich.

8

De trein werd leger en leger naarmate hij westwaarts reed. Veel mensen stapten uit in Newport, en in Cardiff en Port Talbot, de vier scholieren waren ook al weg en er kwam nauwelijks iemand bij ondanks de moeite die de trein zich getroostte door op steeds kleinere stations te stoppen. Paul volgde door zijn wimpers de zon, die voorbij het hoogste punt was maar nog steeds onvermoeibaar meereisde en zelfs een kleine voorsprong had opgebouwd en de trein leek aan te sporen. Hij zag hoe het licht op daken en straten en bomen spatte, alsof de aarde een levend wezen was dat moest worden gewekt. Hij sloot zijn ogen en bleef een zwart, niet te ontwijken gat in een helderrood heelal zien.

Nog een halfuur. Wat zou hij zeggen. Hij had erover willen denken maar nu waren ze er haast en zo ging het steeds – terwijl je je overbewust was van tijd, van je plek op een loopband, en feilloos data hechtte aan ontmoetingen, vakanties, brieven, gelezen boeken (en hij leefde een decennium zonder agenda en miste geen afspraak), bleek datzelfde materiaal zand tussen je vingers. Een enkele keer – in de halfslaap, in de kappersstoel – overviel hem een beeld van zichzelf, zijn geschiedenis, als landschap, waarbij tussen de toppen alles in de dalen verzwolgen werd; waarbij tussen vandaag en de Lofoten een kloof gaapte waarin het tussentijdse verduisterde – de paar liefdesrelaties die hij had gehad, het onhandige contact met zijn ouders, de dag waarop hij het familievermogen ging beheren en daarmee een ondoordringbaar harnas tegen de maatschappij aantrok.

Ze zal het zich niet herinneren, dacht hij opeens. Wel haar val maar niet haar uitspraak kort daarvoor op die top. Zelfs als hij ernaar vroeg zou ze niet weten wat hij bedoelde. Hij keek naar Vincent, die zat te lezen in een reisboek over Wales dat hij na Cardiff uit zijn koffer had gehaald. Natuurlijk ben ik de enige, dacht hij; voor de rest betekende het niets – een losse flodder van Lotte uit het dozijn dat ze elke dag afschoot. Hij bleef kijken – daar zat Vincent, helemaal dezelfde met zijn oergezonde kleur en zijn brede mond en zijn onverzettelijkheid gestrekt in het gangpad. Je zou er nooit een foto van maken en toch was het oneindig belangrijker met wie je op een bepaalde plek was geweest dan de watervallen en vergezichten en kerken en paleizen die je vakantiealbums vulden. En hoe superieur ten opzichte van je intellect en je bewustzijn was daarin je geheugen, dat het tot de rand gevuld was met onbeduidende en onesthetische plekken die je echter feilloos de nabijheid van een geliefde of vriend of vijand lieten voelen.

Hij gaapte met opeengedrukte lippen, voelde het tegen zijn trommelvliezen. De trein schokte, Paul greep de krant op het moment dat hij van de zitting gleed en vouwde hem op.

Soms dacht hij in de verte de zee te zien als terugwijkende, nevelige luchtspiegeling maar nu bewoog de trein zich weer van de kust af, dieper het gebied in zonder van koers te veranderen; het was het land zelf dat een bocht trok en naar de zee reikte. Heggen doken weg en sprongen op en deinsden achteruit en slopen weer naderbij; een rij kreupele eiken verijlde tegen de horizon, in de oksel van een heuvelrand vlamde een kas als een gevallen ster. Daar, in een geploegde akker, in de behaaglijke warmte van de middag, stonden en liepen mensen kriskras – een zwerm neergestreken vogels. Ze droegen zo te zien meubels en losse planken en takkebossen om een groot vuur te maken. Maar stel je voor, dacht Paul (en God mocht weten waarom dit soort voorstellingen hem zo bezielden; hij had ze altijd gehad, het was ook de reden waarom hij was gaan klimmen), stel je voor – en hij voelde zich onbeschrijflijk helder – hoe eens alle bebouwing en tekenen van menselijke aanwezigheid hier niet waren geweest; dat alles wat je zag precies zo bestond – kustlijn, dezelfde bossen en kliffen – maar zonder de mens. Duizenden eeuwen lang sleepten wolken eilanden van schaduw over glooiingen en door valleien, woei de wind zonder een mast op zee en staarde dezelfde zon over dit land, dat vanaf het begin der tijden zo haveloos was geweest en de mensen had bepaald en niet andersom zoals in Nederland. En dan de zon die daarboven hing, boven deze rimpeling, een dun laagje waaronder een wereld bestond waarover hij duizendmaal langer staarde dan onze aanwezigheid duurde – het zou zijn of je keek naar de golf die een zandkasteel ondermijnt. Daar kwam weer een station – het werd ook omgeroepen: Neath.

Bij het binnenrijden bewogen enkele wachtenden op het perron hun hoofd heen en weer alsof ze naar tennis keken. Rondom een bank stonden bejaarden met aangelijnde hondjes. Aan een diagonaal door schaduw verdeelde muur hing een losgeraakte, klapwiekende reclameposter met schapen in het groen en de tekst *Brecon Carreg Mineral Water*. Een man en twee jonge vrouwen kwamen lachend het compartiment binnen; de man had een plomp hoofd met waterige ogen en vettig haar tot over zijn oren, hij was luidruchtig en liep over van vrolijke branie – stampte, sloeg zijn vlakke hand op zijn bovenbeen, pakte met zijn duimen omhoog de beide revers van zijn jasje beet, praatte met een massief accent in op de vrouwen. Zodra ze gingen zitten werden op het tafeltje tussen hen blikken bier en een koker met *Pringles* neergezet. De vrouwen lachten om alles maar Paul kon niet uitmaken of ze dat deden om wat hij zei of omdat hij zo volslagen uitbundig was. Hij zag de achterkant van het grote beweeglijke hoofd van de man en hoorde hem zeggen: 'So I told her – scuse me miss! I'm a Celt not a Sais!' en nestelde zich opnieuw in de voorstelling van een leegte die natuurlijk nog bestond in de tijd van de eerste mensen hier, tweeduizend of duizend jaar geleden – een fractie van de huidige bevolking, geen enkele auto of betonnen gebouw, alleen onaangeroerde wouden en stuivende stranden en wat een gevoel van vrijheid zou dat geven en het idee dat alles in je leven persoonlijk was en dat was iets dat nooit meer in de wereld kwam, ook onsterfelijkheid zou je nooit datzelfde wonderschone Europa kunnen geven dat de middeleeuwers met hun korte levens hadden gekend.

De trein trok zich weer op gang en schokschouderde langs een frisgroen rugbyveld, langs een kerkhof met door klimop scheefgetrokken stenen kruisen. En Griffith en Davies of hoe ze in deze streek ook heetten, die sinds tien of honderd jaar in hun stenen bedden lagen waren dus hier, in dit stadje zoals die Kelt met zijn pompoenhoofd, springlevend geweest; op deze plek (waar Paul nooit een voet zou zetten) hadden ze gelachen, hun eerste liefde gekust, zich een toekomst gedacht. En eens was 'toen' voor hen zo echt als dit moment voor hem; ze hadden het met al hun zintuigen ervaren, de koestering van dezelfde zon op hun gezicht gevoeld en van dat alles was minder over dan niets en hoe kon je dan onsterfelijkheid afdoen als een vloek. De heuvels kropen nu dichter op elkaar, vormden nauwe dalen. Daar naderde weer de kustlijn, de hemel kreeg de intense helderheid die Paul kende van een vakantie in zijn jeugd in Ierland – na een stortbui leek het of al het stof en het oude licht uit de hemel waren geveegd en elke rimpel in het landschap voor het eerst werd blootgelegd. Maar daar, de parelmoeren weerschijn die daar schuin vooruit boven de horizon hing – die deed aan de Lofoten denken. Hij dacht aan Lotte.

Hij vond haar geweldig – hij vond haar onuitstaanbaar. Een toneelspeelster, een ongeleid projectiel. Ze hield van mensen die haar sarcasme negeerden. Ze hield van mensen met missies, met onwankelbare overtuigingen – onder voorwaarde dat er geen berekening achter zat. Ze werd om het geringste emotioneel. Ze gaf je het gevoel dat je oppervlakkig was; dat alle mannen altijd en overal oppervlakkig waren. Ze wilde kunstenaar worden, en politicus. Ze zei dat ze in een *folly* was geboren, en daardoor bij voorbaat al niet helemaal spoorde. Ze wilde zes kinderen. Ze kon aanstekelijk uitgelaten zijn. Ze was in staat te geloven dat de wereld verging.

Er zou niks meer komen, voelde hij. Misschien moest hij haar gewoon met vriendelijke spot begroeten en meegaan en het huis met zicht op zee bewonderen. Hij zag Martin voor zich, nog steeds op doorweekte schoenen. Martin die voor iemand van twintig zo'n volslagen gebrek aan snoeverigheid bezat dat je er soms achterdochtig van werd. Hij deed iets met zijn ogen waarin zijn hele karakter werd samengevat; zodra hij ergens opgewonden of onzeker over was begon hij met zijn wimpers te trekken en te knipperen – alsof hij stotterde met zijn ogen. En Lotte die op haar hielen wipte als je met haar stond te praten en de nuffige gewoonte had zinnen te beginnen met 'Zeg eens...' (Zeg eens, weten jullie wel dat je de verkeerde naam hebt? Jij zou als protestant natuurlijk Martin moeten heten en jij Paul – mensen hebben geen naam meer die ergens voor staat!), en ze gebruikte veldbloemen en grashalmen als bladwijzers in al haar boeken, iets waaraan Vincent zich om de een of andere reden kapot ergerde. Hij zag het moment waarop ze uit elkaar gingen in de kleine haven van Å, waar de Taunus geparkeerd stond tussen twee rode houten vissershuisjes met blauwe kozijnen. Er kwam vanaf de kade zo'n harde wind dat je moest schreeuwen om je verstaanbaar te maken. En hij had Lotte naar zijn kaart gevraagd maar die was ze kwijtgeraakt, riep ze terwijl haar haren in haar gezicht waaiden, hij moest ergens uit haar jas gegleden zijn. En Vincent die opeens zo stug afscheid nam van Martin en Lotte, waarna hij en Paul verder noordwaarts reden over de archipel, eiland na schiereiland met een grote boog richting vasteland, naar Narvik en daarna de tocht naar het oosten, een duik in de grootste verlatenheid die je je kon voorstellen, met plekken die op de kaart als dorp stonden aangegeven maar in werkelijkheid niet meer waren dan vervallen tankstations of schuren; en dan opeens midden in die grijsgroene oceaan Kiruna – een verbijsterende wrat in de aarde, de grootste ijzerertsmijn ter wereld, een cliché wild-westplek met arbeiders en hoeren van alle nationaliteiten en ongelooflijk dronken Lappen die overal rondhingen en gewoon naast je auto stonden te kotsen.

Maar nu gebeurde er iets prachtigs: de man met het plompe hoofd had ononderbroken tegen de twee vrouwen aan zitten kletsen en eindelijk gaf een van de twee hem antwoord – in een taal die niets anders kon zijn dan Welsh. Het was totaal niet wat je zou verwachten nadat je de man met zijn raspende accent en ook die scholieren van daarstraks Engels had horen praten. Het was wonderlijk welluidend, zangerig, en volstrekt onverstaanbaar. En Paul zag dat Vincent het ook hoorde – ze wisselden een blik, Vincent keek met een ingekeerde glimlach en zijn mond niet helemaal gesloten voor zich uit.

Paul keek naar buiten, luisterde en kreeg de gewaarwording dat binnen de vaart waarmee de trein over het spoor schoot en de wereld mijl na mijl onder hem wegdraaide, hijzelf zich in volkomen rust bevond; tussen de muren van glas deden zijn droge lippen, zijn slapende linkerbeen en de rest van zijn nutteloze lichaam er niet toe en vormden alle geluiden van de trein in hun regelmaat het equivalent van een sussende, hypnotiserende stilte – alleen zijn geest bewoog, schoot als een gladde steen over een staalglad, onaangeroerd oppervlak.

'Ik kan één groot voordeel bedenken aan dat eeuwige leven van jou,' zei Vincent terwijl hij zijn reisboek dichtklapte. 'Het wordt het eind van de religie – monotheïstische tenminste, want die hebben allemaal onsterfelijkheid als chantagemiddel. Ha, dan zul je de echte christenen leren kennen – als ze opeens moeten kiezen! Ze willen toch zo graag naar hun schepper? Dan ga je geen onsterfelijkheidspil slikken!'

Paul lachte. Hij was er dus – de Vincent die op sleeptouw nam. Zoals er vroeger geen probleem kon bestaan als Vincent in de buurt was, zo zou dat nu het geval zijn. Natuurlijk had je niks aan hem wat betreft Lotte. Want Vincent had geen flauw benul van wat er in mensen omging; hij kon alles aan wat concreet was, wat hij kon oppakken en ronddraaien en met een 'zo!' weer neerzetten, een beetje opschepperig – zoals een buurjongetje van vroeger dat je *Rubiks* kubus greep, alle kleuren klik-klak goeddraaide en teruggaf. Maar mensen, daar wist Vincent niets van, en niet omdat hij kortzichtig of autistisch was maar omdat iets in mensen, in de omgang tussen mensen, gewoonweg niet in de mazen van zijn aandacht bleef hangen. Hij had er niets van meegekregen, van de actie van Lotte.

De trein remde af, ze kwamen tussen de huizen. Ze waren er. Hij zag de man en zijn vriendinnen opstaan, hun humeur was nog steeds opperbest. Hij dacht aan Lotte. Het toppunt van vrijheid: je eigen moment kiezen. En lag daar het antwoord – of bestond er een tussenweg; kon je je als Odysseus aan de mast laten binden.

'Zullen we maar?' zei hij. Ze pakten hun spullen bij elkaar en liepen door het gangpad achter de anderen aan.

Maar wat was het heerlijk zo in de frisse lucht te komen, dacht hij terwijl hij zijn tas onhandig tegen zijn borst gedrukt hield en uit de trein stapte. Het was benauwd geweest in de trein, en te warm. En hoe bijzonder was het om voor het eerst in je leven ergens te komen, de aanraking van een koele belofte – ook al keek je onzorgvuldig, bevooroordeeld door overmoed en (hij trok zijn tas op zijn schouder) je dacht dat je vrij was en talloze malen kon terugkeren maar zo ging het nooit, niet met plekken in het buitenland. O, hij zou nu misschien vaker in Wales komen, waarom niet, om Lotte en Martin te bezoeken – trouwe Martin die trouw hoogleraar werd en hier zou wortelen, roerloos geworteld oud zou worden. Maar ook dan was allerminst zeker dat hij eens weer hier kwam: deze plek, perron twee van station Swansea met zijn geornamenteerde houten overkapping en brandschoon gebezemde steentjes.

Hij draalde, bleef nog achter de man en de twee vrouwen lopen. Toen hij neerhurkte om zijn veter te strikken die weer was losgegaan, zag hij hoe Vincent opeens zijn pas versnelde en vooruitbeende, het perron over richting de uitgangspoortjes. Kijk eens aan, dacht hij. De Vincent-demarrage. Net onder de top. Hij richtte zich weer op.

Ik ga het vragen, dacht hij. Meteen, zodra ik een moment met haar alleen ben.

Ja, hij zou het vragen; nonchalant – en al gaf ze geen antwoord, het zou op haar gezicht te lezen staan.

Twee

‘Niet doen vosje – niet in de bus.’

Martin Beers bleef het kind dat tegenover hem zat aankijken. Haar benen, in een rabarberrode broek, bungelden rabarberdun over de rand van de zitting. Ze droeg een veel te ruim zittend legergroen windjack waarvan de mouwen dubbel waren omgeslagen. Ze hield een plastic bellenblaasstokje op nog geen drie centimeter van haar lippen en keek onvervaard terug. Even rilde het iriserende vlies in het oog van het stokje.

‘Ik denk,’ zei Martin, ‘dat ik zo heel erg boos ga worden op iemand.’

‘Ik *blaas* toch niet,’ zei het meisje. ‘Ik mag toch wel gewoon ademen?’

‘Nu je het zegt,’ zei hij, ‘hou je adem maar een uurtje in, dat lijkt me een goed plan. Er zitten hier allemaal mensen die het niks fijn vinden als ze jouw zeepbellen in hun gezicht krijgen.’

Het meisje keek langs hem heen, de bus door. ‘Het is geen zeep,’ mompelde ze. ‘Het is bellenblaas. Spul.’ Onder druk van zijn blik stak ze uiteindelijk het stokje terug in de lichtblauwe plastic houder die ze tussen haar bovenbenen klemde, maar draaide het niet vast.

Martin en zijn zesjarig dochtertje Fiona zaten vrijwel voor in de *First Cymru* nummer 2, de lijnbus die van zeven ’s ochtends tot negen ’s avonds de verbinding tussen het verstilde badplaatsje Caswell Bay en het veel grotere en rumoeriger Swansea verzorgde. Buiten had de zon, de afgelopen week niet meer dan een melkachtige schim, alle macht overgenomen. Het zou een prachtige dag worden; prachtig – zo dacht Martin – voor een wandeling.

'Kijk,' zei hij verzoeningsgezind. 'Ik zie ik zie – een boot met een geel zeil. Daar, tussen die bomen en dat huis. Zie je ook?'

Het meisje reageerde met een indolente traagheid die weinig goeds beloofde voor de puberteit. Ze keek, knikte, haar blik doofde zonder dat ze iets had gezegd. Wanneer Martin haar zag zoals nu – zo zonder dat ze het merkte, herkende hij in haar zijn eigen wenkbrauwen en lichte ogen en Lotte's kaaklijn en benige schouders. Het sluike kastanjekleurige haar en het verongelijkte dat ze sinds een week of twee in elk contact legde, had ze van zichzelf.

De bus kwam tot stilstand, liet een bejaarde vrouw met boodschappentas binnen; terwijl de deuren nog dichtsisten trok hij op met de felheid van een dier dat aan een ketting rukt. Ze hadden zeker wat goed te maken op de dienstregeling. Martin keek naar de rode nek en het achterhoofd van de chauffeur in hemdsmouwen, zag toen dat Fiona haar bellenblaasbusje zo kantelde dat de inhoud nog net niet naar buiten kwam en herinnerde zich een favoriet dogma van Lotte's moeder – dat kinderen moesten bewegen; zodra je ze liet stilzitten zocht hun energie een andere uitweg, die in negen van tien gevallen uitliep op onheil. Nu drukte Fiona haar tong in haar wang. Ze begon haar onderbenen tegen elkaar te zwaaien, alsof ze met haar schoenen applaudisseerde. Hoe kon het, dacht hij, dat vroeger je jeugd eindeloos leek – de tijd dat je naar het schoolbord staarde en fantaseerde over een later leven – en dat nu precies diezelfde jaren bij je eigen dochter zo compact schenen. Want het raasde voorbij. En ging dat zo door? Misschien ja, misschien werd het alleen maar erger, versnelde het nog wanneer je bejaard werd – en ha, dan leefde je dus niet zoals iedereen dacht lineair, maar logaritmisch.

De bus schokte. Martin greep instinctief naar de rand van het raam. Fiona drukte haar bellenblaasbusje dicht en wierp hem een spotlach toe. Hij deed haar na door net zo'n gezicht te trekken, moest vervolgens echt om haar lachen.

Lotte vond niet dat zij en haar dochter op elkaar leken. 'Ik was als kind juist erg mollig,' kon ze zeggen. 'En stil. Ik kon urenlang alleen zijn zonder me te vervelen. Ik weet dat mijn ouders eens na een feestje bij ons thuis naar bed wilden gaan en toen pas doorhadden dat ik nog steeds in een hoek zat te spelen. Dus dat ongedurige heeft ze van jou.'

Hij klemde zijn kuiten steviger tegen de kleine rugtas met proviand die tussen zijn voeten stond en keek naar buiten. Een man in een waxcoat en rubberlaarzen wachtte met oversteken en zwaaide opgewekt met zijn wandelstok naar de chauffeur. Ze schoten door. Martin bedacht dat het voordeel van rijden per bus in Wales was dat je tenminste iets *zag* – want vanuit een gewone auto werd je zicht geblokkeerd door de manshoge muurtjes en heggen die hier alle velden en akkers omringden. Zo, meer van boven, zag je goed de route die de bus ellebogend over een heuvel nam; en de geometrische structuur in het vergezicht bracht hem een herinnering die een moment lang ook een vreemde, hevige heimwee opriep – een glittershow op televisie met pal voor de camera, onder vraatzuchtig lamplicht, een stokstijve cavia die door een zaal vol gillend publiek werd aangemoedigd een doolhof van houten plankjes in te rennen.

Weer een halte. Fiona zat scheef, haar aandacht werd getrokken door iets wat zich achter in de bus afspeelde. Martin bleef het tafereel met de cavia zien. En vervolgens, toen dat vervaagde, een televisie in een kamer in een huis waarvan hij elke centimeter kende.

Soms, half in slaap of zoals nu toegeeflijk schommelend in een bus, werd hij dertien, en in de ruimte om hem heen deinde sigarerook tegen het plafond, klonken stemmen en gelach, glansden flessen op een krompotige salontafel met onyx blad. Gebloemd behang, de lucht van zondagse groentesoep – hij was weer terug in zijn ouderlijk huis in zijn geboortedorp in Twente. Omringd door een troepje neven begon zijn uur van glorie, begon iets dat hem bij vriendjes en oudere jongens aanzien opleverde: ze knepen er tussenuit, onder zijn nadrukkelijke leiding gingen ze 'even kijken in de garage' – de grote werkplaats van zijn vader. Voor het eerst in zijn leven was hij aangeschoten (ze hadden van het bier en de bessenlikeur gedronken) en nadat alle apparaten in de werkplaats uitvoerig waren onderzocht en geprobeerd, liepen ze met driemusketierachtige branie het dorp uit. Op een houtwal, in knisperende zetels van herfstbladeren, rookten ze sigaren die thuis in glaasjes voor het grijpen hadden gestaan. Ze waren een voor een misselijk geworden en gaan liggen, zogenaamd om te filosoferen. Toen de misselijkheid zakte had hij uit zijn broekzak de kers op de taart gehaald: een sleutel die hij op zijn vaders draaibank had gekopieerd van een exemplaar dat bij de koster had gehangen – van de toren van de oude katholieke kerk. Het schemerde al terwijl ze naar boven klommen (lachend, elkaar duwend, hij sissend dat ze stil moesten zijn) en vanaf de trans over de huizen en straatjes van het dorp uitkeken als over een opgloeiende sterrenhemel totdat alles veranderde in een struikelende vlucht omdat zijn oudste neef het nodig vond de vlooienmars op het carillon te spelen. En weer thuis het goedmoedige gemopper van zijn moeder waar ze zo lang hadden uitgehangen en de schuine moppen van zijn ooms die niet voor zijn oren bestemd waren en zijn oma die over vooroorlogs Rotterdam vertelde alsof ze er gisteren nog boodschappen had gedaan. De rest van de avond wisselden hij en zijn neven triomfantelijke blikken; vooral dat ze een geweldige middag hadden gehad *dankzij hem* – dat vulde hem met een trotse voldoening.

Hij zag hoe naast de schouder van de chauffeur zich naar

links toe een stralend vergezicht opende – de zon stond hoog boven de zich verbredende horizon en recht daaronder dreef in de oceaan een gigantisch wak van licht. Terwijl hij zich liet verblinden, herinnerde Martin zich hoe hij het zijn hele jeugd door als vanzelfsprekend had beleefd: familieverjaardagen, zijn dorp, visites en voorspelbare gezelligheid als een veilige, nooit aflatende koestering. En toen, tijdens een autorit langs de kust van Noorwegen, was die voorstelling – op zo'n enkele onverhoedse dagdroom na – van het ene op het andere moment voorgoed veranderd.

Hij draaide zich in zijn stoel en zag wat Fiona in beslag nam: achter in de bus zat op het middenpad een kleine tekkel. Hij draaide zich terug, keek naar de volkomen geconcentreerde uitdrukking op het gezicht van zijn dochtertje, dat hem plotseling zo vertederde dat hij haar zou hebben opgepakt om haar te zoenen, als dat haar plezier niet had doorbroken.

Hij dacht aan Lotte. Ze liep niet warm voor de reünie. Twee weken geleden had ze gezegd: 'Ik begrijp niet helemaal waar je op uit bent. Wil je ze echt terugzien?' Een dag later: 'Had je ze ook gevraagd als we niet waren verhuisd en jij geen uitzicht had?' En eergisteren, nadat hij had voorgesteld dat hij Fiona meenam, dat zij hen bij een bushalte zou afzetten en daarna de auto gewoon zou gebruiken om naar haar galerie te gaan: 'Je hebt alles al helemaal uitgedacht hè?' Maar ze deed haar uitspraken met een ironische vrijblijvendheid; hij had teruggeglimlacht en er niet echt bij stilgestaan, zoals vaker de laatste tijd wanneer een toespeling hem niet meteen helder was.

Hij keek naar buiten, zag scherper nu – alsof de herinnering in zijn manier van kijken kroop. Het middaglicht flakkerde door boomkruinen en heggen en schoot waterglad over de stoffige busruit. Precies zo kon Lotte's aanwezigheid op hem afketsen. Want sinds kort (maar hij wist eigenlijk niet wanneer het was begonnen; misschien al maanden geleden) kostte het hem soms moeite naar haar te luisteren. Dan viel hem terwijl ze tegen hem praatte van alles aan haar op, op een manier alsof hij haar weer voor de eerste keer zag – twintig jaar geleden, bij de klimmers. Bijvoorbeeld dat ze, wanneer ze ongeduldig was, haar gewicht van het ene naar het andere been verplaatste. Dat ze met samengetrokken wenkbrauwen strak naar een punt op het tafelblad of een vloerplank keek – alsof daar een doorslaggevend inzicht geschreven stond. Dat ze voor iemand die minder woog dan hijzelf nogal stampend door het huis liep. Of elk theekopje zo vol schonk dat je het niet kon oppakken zonder te knoeien. Dat ze bij het niezen in haar neus kneep terwijl hij keer op keer zei dat dat gevaarlijk was; zijn oom had zo een hersenbloeding opgelopen. En al deze dingen ergerden hem twee seconden – en ontroerden hem vervolgens tot op het bot.

Maar destijds, dacht hij nu, was het toch anders. In het begin, toen hij Lotte leerde kennen, was hij in de eerste plaats voortdurend overgevoelig en op zijn hoede geweest voor elk woord dat ze sprak. Hoe had hij iedere opmerking gewogen en doorzocht op verborgen kritiek!

De bus remde, hij kantelde naar voren, zette zich schrap. Hij zat ongelukkig, realiseerde hij zich toen hij terugveerde – nergens echt houvast.

Als je met iemand leefde, dacht hij, kwam je er pas echt achter dat je de ander nooit zou bevatten. Hij was natuurlijk niet de enige die dit ontdekte; waarschijnlijk ging het in elk huwelijk zo en was dit – meer dan de liefde, of een kind krijgen en opvoeden – de kern van altijd samen zijn.

Fiona draaide aan het bellenblaasbusje. Het puntje van haar tong werd zichtbaar tussen haar opeengedrukte lippen. Hij dacht: de ander ontsnapt je zodra je gaat samenwonen en je eigen leven ontglipt je wanneer er een kind bij komt; alles werd diffuus doordat je zowel je eigen jeugd zag in een ander als jezelf nu, zoals je nu was. Zo werd je onafgebroken met je neus op het verstrijken van de tijd gedrukt. En wat was Fiona tegelijkertijd vervuld van de voorstelling van opgroeien, van de wens zo gauw mogelijk ouder te zijn en voor vol te worden aangezien. Ze krabde even met de nagels van de ene hand aan de knokkels van de andere. Gaapte opeens. Nog geen jaar geleden had hij haar zonder opzet aan het huilen gemaakt toen ze van een mandarijntje dat ze had afgepeld maar de helft wilde opeten; hij had naar haar hand geknikt en gezegd dat haar nagels dan voor altijd zo geel zouden blijven.

Dat zou dus nooit meer gebeuren. Ze was nu voor altijd te oud om zoiets te geloven.

Hij herinnerde zich hoe Lotte zijn ouders bij hun eerste kennismaking vertelde dat ze als kleuter hoorde dat libelles konden steken en hysterisch had gehuild toen er een op het stuur van haar driewieler kwam zitten.

Eergisteren, hij stond naast haar tijdens een inauguratieborrel op zijn instituut. Ze zei tegen een van zijn collega's dat ze enorm van tuinieren hield; dat ze als ze thuis kwam altijd eerst ging kijken hoe de tuin ervoor stond en zich niet liet kisten door die vervloekte slakken die alles plunderden. En opeens had hij dat onbetaalbaar gevonden, helemaal een uitspraak voor iemand die nooit in de tuin had gewerkt maar dat als bevlieging had opgepakt, zoals mensen van de ene op de andere dag aan een goed doel gingen doen. Ja – zo zat ze in elkaar, dat lag in de kern van haar karakter. Precies zo kon ze zich opwerpen als trouwste verdediger van 'het gezond verstand' terwijl ze toch regelmatig zelf de zenuwen van een zangvogeltje had. Of vandaag nonchalant opmerken dat de Britse politiek haar verveelde en morgen beweren dat de geheime dienst 'uiteraard' achter de dood van *Lady Di* zat. Juist die inconsequenties maakten Lotte in zijn ogen ongelooflijk echt – echter en levender dan hijzelf ooit zou worden. Maar toen na afloop in de auto Paul en Vincent weer ter sprake kwamen ('Denk je dat het nu anders is? Je hebt zelf een keer gezegd dat ze los van elkaar erg aardig zijn maar dat je ze niet in één ruimte samen moet hebben.') was de sfeer veranderd; hij zag dat trekje in haar mondhoek, iets met haar kiezen alsof ze woorden herkauwde, dat hem compleet in de war bracht. Een gloed schoot naar zijn slapen, hij kreeg de aandrang iets vreselijks te zeggen: dat hij zich ongelukkig voelde – wat helemaal niet zo was; hij was vooral doodmoe, en voldaan dat er een semester onderwijs aan tweedejaars op zat. Maar op dat moment wilde hij niets liever dan haar kwetsen terwijl hij wist dat hij, zodra hij daarin slaagde, alles zou doen om het weer goed te maken. Wat was dat? En het was sterker dan hijzelf want hij onderbrak haar – hij zei: 'Je hebt gelijk. Ik ben natuurlijk ontzettend ijdel. Altijd geweest.' Maar was dat zo erg, ging hij verder. Trots op een huis en een aanstaand hoogleraarschap, was dat abnormaal? Zelfs al had ze gelijk, zei hij, en was hij *dus* een patser (want dat, onderstreepte hij, was wat ze bedoelde), dan nog leverde het iets op dat niks met patserigheid te maken had – iets dat hij eens als bijprodukt zou hebben beschouwd: een vast inkomen en de zekerheid dat hij zijn leven niet hoefde te verdoen met werk onder zijn niveau. Hij zei: 'Maar jij denkt dat ik een star karakter heb. Dat ik mijn loopbaan en alles heb gebaseerd op een verlangen mezelf te bewijzen.'

Hij keek naar buiten, zocht het licht, sloot zijn ogen. In het transparante rood breidde zich een inktvlek van zelfverwijt uit. Soms was hij haar ook helemaal kwijt. Dan zag hij dat ze mooi was door de manier waarop een andere man naar haar keek. Of dat mensen geïmponeerd waren terwijl hij haar op dat moment niet eens hoorde. Toch was ze tegelijkertijd dezelfde – dezelfde Lotte door wie hij de allereerste keer bij de klimmers zo belachelijk geïntimideerd was geweest, dat hij de neiging had moeten onderdrukken een buiging te maken! In die tijd was hij niet in staat haar recht in de ogen te kijken omdat hij anders de draad van zijn gedachten kwijtraakte. Wekenlang had hij een hardnekkig beeld van haar gehad als van een zeldzame vogel die maar niet loskwam van de grond. En ze overtuigde toen hij haar beter leerde kennen; ze was driest, kon dramatisch doen – om het geringste werd ze wanhopig of jubelend (en wie noemde haar eens zo smalend *onze diva*, was dat Vincent?) – maar ze was oersterk, veel sterker dan hijzelf en alle mensen die hij kende. Hij had een keer gedacht dat als ze bij iemand van hun groepje paste, dat het dan bij Paul was; die had ook zo'n kuras van veerkracht om zich hangen. En Paul was een schaamteloze estheet, had Lotte in de groep gegooid na hun mislukte beklimming van – van de Slogen, als hij het zich goed herinnerde. 'Net als ik, helaas,' had ze erop laten volgen. Waarna ze hem aankeek en toevoegde, alsof hij al *Zo – en ik dan?* had gevraagd: 'Martin ontleent alleen esthetisch plezier aan orde en overzichtelijkheid. Geldt voor alle religieuzen.'

Ze had Paul een keer afgewezen, daar was hij vrij zeker van – later, op de Lofoten, misschien net voor haar ongeluk. Hij had geprobeerd er meer over te weten te komen maar er was daar iets waarin ze hem niet toeliet. Na een paar pogingen had hij niet verder doorgevraagd; misschien zou ze het nog eens uit zichzelf vertellen.

Fiona keek weer langs hem heen. Hij kon een huisdier voor haar kopen. Misschien had ze daar de leeftijd voor. Zo'n hondje, of een jonge kat. Hij kon vragen wat ze zelf wilde maar het zou ook geweldig zijn haar te verrassen. Misschien was Lotte er al mee bezig. Lotte zou vast een kat willen.

Wat was het vreemd te bedenken dat Paul, of Vincent, of wie ook, Lotte nu nooit meer zo zou leren kennen als hij – met haar intieme eigenaardigheden. Dat ze bijvoorbeeld dwangmatig kleine cadeautjes gaf – dingen die ze gewoon ergens vond, in een restaurant of soms zelfs op straat. Een vlindervleugel, los verpakte suikerklontjes, een kiezel van het strand bij hun nieuwe huis. Ze had een verfrissend gevoel voor kleine absurditeiten, iets dat Fiona onverdund leek te hebben geërfd. Hij zag dat Fiona haar tong tegen de binnenkant van haar wang drukte. Ze trok een geconcentreerde frons. Zijn eerdere gedachtengang rolde zich af – het moest in diezelfde tijd als van dat mandarijntje zijn geweest, dat hij een tekening van Fiona kreeg; veel groen met rood en zwart. Hij vroeg of het een naam had. Ze zei: 'De dood van de maan.' Verbijsterend vond hij dat – een vijfjarige die dat verzon.

'Wat doe je toch?' vroeg hij.

'Ik heb een wiebeltand.'

'Alweer?' zei hij.

'Krijg ik bloed als hij losgaat?'

'Misschien een beetje,' zei hij. 'Maar hoe minder je eraan zit, des te minder zal het straks bloeden.'

Meteen stokte het rondwoelen in haar mondholte. Hij knikte bemoedigend.

Lotte viel mensen in de rede wanneer haar gedachten de conversatie voorop waren geraakt. Ze eigende zich andermans ideeën toe en vergat dan dat ze niet uit eigen koker kwamen. Ze had kritiek op alles en iedereen behalve op haar vader, inderdaad een ontzettend aardige man – zo overrompelend aardig dat Martin zich in zijn gezelschap telkens opgelaten voelde. In hun alpinistentijd had hij Lotte na zijn aanvankelijke onwennigheid haast catalogiserend bekeken – zoals hij destijds alles wat de moeite waard leek catalogiseerde (en nog niet wist dat hij daar, kennelijk, in esthetisch opzicht genoeg aan had). Lotte had een mooie huid – bleek, zonder wit te zijn. Ze had rechtstaande bruine ogen die haar gezicht vulden met heldere, doorschijnende levenslust. Ze had een lach zonder reserves. Ze had wenkbrauwen met een iets andere kleur dan haar haar; net iets rossiger (als van verdorde rozen, zei ze zelf een keer). Ze kleedde zich bij gelegenheid elegant maar dan toch met iets slordigs, alsof ze op dat punt niet wilde overdrijven. Wat hem betreft was ze trouwens op haar verleidelijkst als ze in haar atelier in een oude trui rondliep. Toen hij dat een keer tussen neus en lippen door opmerkte, kreeg hij een kus en de kanttekening dat hij toegaf aan een goedkoop filmcliché. Ze kon kaarsrecht op hakken lopen, wat hij om de een of andere reden niet had verwacht. Ze maakte zich zelden op. Ze had een onbedwingbare afschuw van bedompte ruimten – overal waar ze kwam zette ze ongevraagd ramen open.

Nu, na zo veel tijd, leek het er dus op dat hij haar opnieuw begon te catalogiseren en haar tegelijkertijd steeds ondefinieerbaarder vond. Maar misschien had dat niks met haar te maken – hij vond het in het algemeen een steeds groter raadsel hoe mensen met elkaar omgingen, zich met elkaar en om elkaar heen bewogen terwijl de deuren van hun zielen zo potdicht zaten dat nog niet het kleinste lichtkiertje erdoor ontsnapte.

Ze had natuurlijk gelijk: hij had Paul en Vincent niet op eigen houtje moeten uitnodigen. Ja ach, hij had het toen beloofd – dat had hij kunnen zeggen; en dan hield hij zich eraan, zo was hij, dat wist zij toch ook. Zij had trouwens zelf niet gezegd dat ze wilde dat hij de afspraak verzette of afzegde. En hij verheugde zich wel degelijk op het weerzien – hoewel hij zag dat het deels abstract was, een vreugde aan de rand van je dagelijkse bezigheden zoals je naar kerst en oudjaar kon uitzien zonder je af te vragen of het afgelopen jaar wel zo leuk was geweest.

Hoe dan ook, over een uur wist hij het.

'Hè – doe nou niet,' zei hij. 'Is het echt zo moeilijk een kwartiertje te wachten?'

Fiona hield het vers gedoopte bellenblaasstokje weer voor haar lippen. Ze keek Martin met een bestudeerde uitdrukking aan, hoestte plots – één keer, meer een kuchje dan een echte hoest, maar genoeg om een stroom bellen te lanceren.

'Oké,' zei hij terwijl hij zijn hand opende. 'Geef maar. Je bent dus nog te klein om met papa mee te gaan.'

Op dat moment remde de chauffeur scherp, de bus raakte in een slinger, er klonk een doffe klap, iemand gilde. Martin schoot uit zijn stoel naar voren, viel terug en sloeg met de zijkant van zijn hoofd tegen het raam. De chauffeur vloekte, het hondje achterin kefte doordringend.

Ze waren met een voorwiel in de rechterberm tot stilstand gekomen. Martin duwde zichzelf meteen overeind om Fiona te grijpen maar ze mankeerde niks; ze zat roerloos op haar plek en keek hem, het bellenblaasstokje stijf op het busje gedrukt, met grote ogen aan.

'Je hebt bloed papa,' zei ze.

Hij voelde aan zijn slaap en keek naar zijn vingers. Geschaafd, net naast zijn oor. 'Een beetje maar,' zei hij. 'Is niet erg.'

Haar ogen werden nog groter. Ze liet haar handen zakken zonder hem met haar blik los te laten.

Hij raapte zijn tas van de vloer. 'Zit je tand er nog in?' zei hij. Ze voelde met haar tong, knikte. De tekkel begon opnieuw te keffen.

Het was een schaap. Ze hadden een losgebroken ooi aangereden. Schuin opzij, door een ruit aan de achterkant van de bus, zag Martin het dier op de weg liggen. Het bewoog niet. Er was ook iets met de bus zelf, want de chauffeur liet de deuren opengaan en deelde via de intercom mee dat de kans bestond dat ze niet verder konden. De passagiers stonden op en stapten gedisciplineerd uit. Niemand had zich ernstig bezeerd. Martin hoorde opperen dat ze naar de dichtstbijzijnde boerderij moesten om de boer op de hoogte te stellen. Meteen zei een ander dat het niet voor het eerst was dat hier schapen losliepen.

Fiona zou misschien schrikken; hij zorgde dat hij eerst uitstapte en bleef ongeveer tussen haar en het schaap in staan. Op dat moment vond iemand het nodig luidkeels te constateren dat het dier *as dead as a dodo* was. Maar Fiona toonde geen enkele belangstelling, en ook het hondje, dat door zijn baas van de treeplank werd gedragen, was even uit beeld – haar volledige aandacht ging uit naar het bellenblaasbusje, dat blijkbaar nog inhoud bevatte want ze had geen drie stappen op het asfalt gedaan of ze vroeg: 'Mag het nu wel papa?'

'Ja,' lachte hij. 'Nu mag je.'

Het was warm geweest achter het glas. De zeebries voelde weldadig koel en zuiver aan op zijn huid; hij snoof de oestergeur ervan op. Hij deed zijn jas uit en sloeg hem over een arm. Hij keek rond, naar de passagiers, en zag dat elk de ander opnam, alsof het voorval hen verenigde in een absurdistisch complot. De chauffeur kwam ook naar buiten. Met een strenge uitdrukking, of hij nu de boel in het gareel ging houden, trok hij zijn uniformjasje aan. Martin werd aangesproken door een vrouw die hij vaag herkende. Een buurvrouw, bedacht hij, terwijl hij haar how-do-you-do met zijn how-do-you-do beantwoordde.

'En hoe gaat het met mevrouw De Beers?'

'Goed, dank u,' zei hij vriendelijk en de neiging onderdrukkend haar te corrigeren. Ja, hij wist het weer, ze woonde drie huizen verder – maar dat betekende niet dat hij op haar naam kon komen. Dat kon Fiona wel; ze zei opgewekt 'Hello auntie Llewellyn!', waarop de vrouw zich met grootmoederlijke belangstelling op haar en haar *absolutely phenomenal* zeepbellen stortte. Martin amuseerde zich over Fiona's neiging elke willekeurige oudere vrouw met 'auntie' aan te spreken en over haar vlekkeloze omschakeling naar het Engels. Het magistrale kinderbrein – ook dat veranderde in angstwekkende vaart naarmate je ouder werd; hij speelde soms Memory met Fiona en werd steevast ingemaakt.

Zoals vrijwel alle volwassenen zette auntie Llewellyn tegenover Fiona een gemaakt kinderstemmetje op waar Martin niet goed tegen kon. Hij was de chauffeur half dankbaar toen deze hem aanschoot.

'You okay?' zei hij met een blik naar Martins oor. Martin knikte. 'Er moet een nieuwe bus komen,' zei de man. 'Heb al opgebeld naar de centrale.' Martin knikte solidair. De chauffeur was van zijn leeftijd, zij het kalend en met een neerslachtige buik. Hij realiseerde zich dat zij de enige min of meer jonge mannen in de bus waren; het grootste deel van de passagiers bestond uit gepensioneerden.

'U weet hoe dat gaat,' zei de man, 'ze denken dat we best kunnen wachten op de volgende. Maar die komt pas over een uur. Zo lang kun je mensen toch niet aan het lijntje houden?' Het leek erop, zei hij, dat de koppeling finaal was afgebroken. 'Ik kon hem zo ronddraaien!' – hij roerde met zijn hand.

Hij haalde een pakje *Players* uit zijn binnenzak en hield het open voor Martin, die er uit beleefdheid een uit trok en zich toen ook maar een vuurtje liet geven. Er werd om de chauffeur geroepen, er was iets bij de voorkant van de bus. De man liep erheen, Martin bleef staan en keek naar Fiona en de buurvrouw, die het uitstekend met elkaar konden vinden. Hij slenterde een paar meter verder over de weg. Een troepje spreeuwen ruiste op als bladeren in een windvlaag. Hij voelde een tinteling in zijn hoofd, bij zijn slaap. Maar de klap had hem niet versuft – eerder het tegendeel; hij had het idee dat hij opvallend scherp zag en hoorde. Hij zette de sigaret aan zijn lippen en ademde in. Jaren sinds hij had gerookt. Hij wachtte op de tik – de lichte wankeling in alle zintuigen – maar ook die kwam nauwelijks. Hij zag hoe de rook over het wegdek dreef en kreeg weer de herinnering aan sigaren en de houtwal en zijn familie. Maar nu werd dat alles meteen weggeblazen. In zijn hoofd klonk de simpele vraag die hem de afgelopen twee decennia met regelmaat en tot in dromen toe had achtervolgd: 'Zeg Martin, wat doet je vader eigenlijk?'

De eerste en enige keer dat hij die vraag ook echt hoorde, zat hij op de gladde kunstleren achterbank van Vincents Ford Taunus. Ze reden over een meanderende kustweg met hoge ijle bruggen; de toeristische route van Ålesund naar Trondheim. Boomloos land met blauwig grijze rots, hier en daar een verloren roestkleurig huis. Een haast dreigende eenzaamheid die overal was afgezoomd met water – links de oceaan die zich strekte tot de Noordpool, rechts luchtspiegelende meren en fjorden. In de verte daarachter, in het zuiden, zag je de gepenseelde toppen van Sunnmøre en Jotunheimen. Het was halfnegen, een zonnige avond. Alle lokale Noren waren binnen maar het bleef nog uren licht dus waarom niet gewoon doorrijden. En Paul, voorin naast Vincent, had gezegd: 'Martin, wat doet jouw vader eigenlijk?' Op het antwoord had Paul zich in zijn stoel omgedraaid en gevraagd: 'Maar wat is dat, een carrosseriebedrijf? Ik bedoel – maakt je vader carrosserieën?'

Hij had Paul aangekeken. Geen spoortje ironie, gewoon belangstelling. Een vreemd ongemak had zich als een gloeiende plek onder zijn huid verspreid. En het besef dat je juist tegen iemand die er niet op uit was je te kwetsen geen verweer had. Uiteindelijk had hij, in plaats van te antwoorden, een beetje bits teruggevraagd: 'En jouw vader, wat doet die dan?'

'*Mijn* vader?' had Paul verbaasd gelachen. 'Nou, niks – mijn vader doet helemaal niks.' Hij draaide zich nog verder in zijn stoel en keek van hem naar Lotte, naar Vincent en weer naar hem, en zei met plechtige verontwaardiging: 'Niemand in mijn familie voert iets zinnigs uit. Mijn bet-bet-bet-bet-bet-overgrootvader heeft iets erg slim aangepakt tijdens de Tulpenmanie en daar teren we nog steeds op. Treurig, hè?' En hij begon uitvoerig te schetsen hoe nutteloos en vooral excentriek zijn familieleden waren. Hij zei: 'Mijn moeder zette mij en mijn zus in het voorjaar in ons blootje in de volle zon omdat ze vond dat een kind eerst goed moest verbranden en vervellen want daarna werd het mooier bruin.' Hij moest er zelf enorm om lachen. Hij zei: 'In de vijfde van de lagere school was ik een akelige snob. Ik was al volop bezig met mijn glorieuze toekomst op het gymnasium en heb toen aan de meester – Van de Werf heette hij, een Fries, zal het nooit vergeten – gevraagd of mijn niveau niet omlaag werd gehaald door mijn klasgenoten. Die man is daarop met mijn ouders gaan praten.

En weet je wat er gebeurde? Ze hebben me nooit meer één compliment gemaakt. Ik kreeg geen cadeau bij mijn eindexamen, geen felicitaties toen ik een schermtoernooi won en ik weet zeker dat ze ook niks zullen zeggen of geven als ik afstudeer. Alleen omdat zo'n schoolmeester heeft gezegd dat ik een *streber* was. Is dat niet om je te bescheuren?' Hij keek met grote ogen rond.

'Nou nee,' zei Lotte. 'Ik vind dat helemaal niet grappig. Eerder ontzettend tragisch. Ik bedoel – je was toch nog maar een kind?'

Ze meende het. Ze keek kwaad, alsof ze na thuiskomst wel even Pauls ouders zou opbellen. Na een tijdje zei Vincent droogjes van achter het stuur en zonder zijn blik van de weg te halen: 'Ik vind het wel grappig, hoor.' Waarop hij voor de honderddertigste keer zijn bandje met Van Morrison uit het dashboard trok, omdraaide en op *play* drukte.

Martin had zelf niet gereageerd. Want terwijl Paul zo babbelde, was het of iemand een blinddoek van zijn hoofd had gerukt en hij voor het eerst zag hoe het zat: dat hij al maanden met deze mensen omging zonder door te hebben dat hij van een andere planeet kwam. Hij verstijfde; voor geen goud zou hij nu nog meer over zijn familie of zijn jeugd prijsgeven. Hij voelde opeens ook een intense stroefheid tegenover de onbevangen manier waarop de anderen – want het gold evenzeer voor Vincent en Lotte – door hun leven stapten. Hoewel hij nooit had bespeurd dat ze hem als anders beschouwden, kon het niet anders of ze waren zich ervan bewust.

Hij draaide zich om. Hij zag dat Fiona en de buurvrouw een eindje in tegenovergestelde richting van de bus wegliepen, naar een grote meidoorn. Zo'n struik hadden ze zelf in de tuin. Hij glimlachte; echt wat voor Fiona, ze wilde haar bellen kapot zien spatten op de stekels. Hij bedacht dat hij zich hier niet onprettig bij voelde – als hij Fiona van een afstandje in de gaten hield terwijl ze zich met een ander vermaakte.

Hij voelde aan zijn slaap. Er kwam al een korstje op. Misschien was het echt de klap; het scheen hem toe dat hij Paul en Vincent pas nu, terwijl hij op weg was hen te ontmoeten, duidelijk voor ogen kreeg en zich weer van hun bestaan bewust werd.

En waar zouden ze nu zijn – voorbij Cardiff waarschijnlijk, en vanaf Cardiff was het nog een klein uur. Het moest trouwens niet al te lang duren hier anders kwam hij te laat.

Er was nog iets – waaraan Lotte hem terecht had herinnerd. Zodra je Vincent en Paul samen had, ontstond er inderdaad iets tussen hen, een geheimzinnige verstandhouding en een voortdurende, net onder de oppervlakte loerende ironie die een gezelschap elektriseerde maar hen daarbinnen ook afzonderde en hem soms een wrange, ontevreden stemming had gegeven, die maakte dat hij zich scherp van zichzelf bewust werd. Dan hoorde hij hoe hij al te enthousiast om een grap lachte, of juist een bloedserieuze toon aansloeg over een onderwerp dat daar te onbenullig voor was. En hoe verafschuwde hij in zichzelf die maar niet te onderdrukken neiging altijd iets interessants te willen zeggen. Het kon nog erger: hij deed zich in hun gezelschap soms trager, minder snugger voor dan hij was. Hij kon er niks aan doen, hij deed het gewoon – om te behagen? Hij had gedacht: ik ben een sociale lafaard, en het is een kwestie van tijd voordat iedereen dat ziet.

Maar wie zei dat het vandaag anders werd? Misschien zou hij meteen terugvallen, en er niet in slagen ook maar één zin behoorlijk af te maken. Hij bleef staan, liet de sigarettepeuk vallen, zette zijn schoen erop. Toen hij zag dat hij het schaap was genaderd, had hij het gevoel dat er iets tactloos zat in zijn handeling.

Hij keek op, zocht Fiona met zijn blik, zag dat de buurvrouw een bel mocht blazen maar ze kon er blijkbaar niks van, want Fiona nam haar stokje terug en deed voor hoe het moest. Ongeveer halverwege hem en Fiona stond de chauffeur te discussiëren met de overige passagiers; hij deelde meer sigaretten uit.

Vanaf toen, vanaf Noorwegen, werd hij zich voor het eerst echt bewust van zijn familie, waarin hij als enige een universitaire studie volgde – iets dat in de families van Paul en Lotte en Vincent vanzelfsprekend was. Voor hen was het ook de normaalste zaak van de wereld om bij de alpinisten te gaan (Vincents vader had zelf geklommen) maar hij, Martin, had thuis niemand die zelfs maar begreep dat je zoiets kon doen. En het zat in alles. Wanneer Lotte en Paul en Vincent over een onderwerp als opera spraken, bleek meteen dat ze, al staken ze er de draak mee, wel precies wisten waar zo'n vreselijke opera over ging en van jongsafaan door hun ouders naar klassieke concerten waren meegenomen. Of bijvoorbeeld geld; hem was geleerd zuinig te zijn of in elk geval goed op te letten maar bij de anderen was dat omgekeerd – alsof het vies was op je centen te passen of het er zelfs maar over te hebben. Hij bedacht dat ook nu nog Lotte geen idee had van wat hij verdiende, en daar ook nooit naar vroeg.

Die avond, twintig jaar geleden, ontdekte hij iets dat hij nooit kon goedmaken. Het was vooral Paul die hem dat steeds liet voelen. Tot dat ene *Wat doet je vader* had hij een beetje goedmoedig op Paul neergekeken. Paul had een rommelig karakter, en in fysieke zin iets teers en doorzichtigs. Alsof hij geen geraamte had en je hem zo omver kon blazen. En Paul had een tic: als hij een trui of overhemd droeg schoof hij steeds zijn mouwen een stukje omhoog en weer naar beneden – het deed labiel aan. Maar juist Paul bleek onkwetsbaar; alles wat hij zei bleef voortaan woord voor woord hangen en in alles vermoedde Martin iets wat hij zich moest aantrekken. Wanneer Paul zei dat hij mensen die hun beklimmingen in een logboek bijhielden komisch vond, vroeg hij zich onmiddellijk af of hijzelf in die groep viel. En zoals Paul sprak – zonder zich een seconde druk te maken of hij iemand voor het hoofd stootte en alsof hij al sinds zijn geboorte precies wist wat er in de wereld toe deed. Tijdens de rest van de reis voelde hij, vooral wanneer Paul en Vincent die samenzweerderigheid over zich hadden (die meteen oploste, zelfs een misverstand leek, zodra een van de twee zich afzonderde), zich stijf en saai, in alles een houten Klaas. Ze gaven hem het idee dat hij zich omringde met fantasieloze spullen, zich stoffig kleedde, alles formeel benaderde – zelfs zijn opvattingen over het klimmen waren stug en conservatief. En pas achteraf, alleen in zijn kamer in zijn studiestad, zag hij dat anderen ook hun rare kanten hadden – zoals Paul zelf, die in de zonderlinge gewoonte volhardde schoenspanners mee te nemen in de bergen.

Hij stond nu bij het schaap, alleen. Het was klein, veel kleiner dan een Hollands schaap. Het lag op zijn zij, de kop naar hem toegekeerd. De gestrekte hals had iets klaaglijks en beschuldigends maar uit het oog dat hem aanstaarde, donker glanzend zonder wit, sprak geen enkele emotie. Er zat een kleine wond in de romp, dat was alles. Zijn vader had hem eens verteld dat schapen die op hun rug terechtkomen niet in staat zijn zichzelf weer overeind te krijgen.

Hij hurkte neer – moest zich inhouden het dier niet even aan te raken. De hele huid van de kop was blauwzwart, zelfs de lippen waren zwart. De wind beroerde de dikke haren van de vacht, aan de uiteinden verbleekt tot een ijzerachtig bruin, precies zoals hij de droge grasprieten in de berm beroerde. Het was niet voor te stellen dat dit nooit meer een ademend wezen zou zijn en toch was het zo; je kon erbovenop gaan staan en het zou geen pijn hebben en niet beledigd zijn. Hij richtte zich op.

Hij zei eens tegen Lotte dat oude Hollandse families hetzelfde waren als maffia – een kliek die alles onderling regelde en elkaar de hand boven het hoofd hield. Lotte, die de keurigste ouders van allemaal had, was het volmondig met hem eens maar hij kon zichzelf wel voor zijn kop slaan. Want hoe kon je gefrustreerder overkomen. Het was echter te sterk; elke keer zodra 'het' in de buurt kwam, ging het mis – dan moest hij kennelijk iets bewijzen en deed een uitspraak die, bijvoorbeeld, liet zien dat hij niet aan geld of status hechtte. Of hij kwam met een wereldwijsheid als 'wilskracht is het enige dat ertoe doet in een mens'. Maar hoe beschamend – hoe hij desondanks had lopen pochen dat hij hoogleraar werd en wie weet wat nog meer. Hij herinnerde zich Paul: 'Ik weet niet Martin, misschien ben je te slim om hoogleraar te worden. Alle hoogleraren die ik ken zijn oliedom.' De welwillendheid waarmee ze zijn daadkracht en ambities accepteerden maakte het nog pijnlijker. Hij wist dat ze hem als de motor van de klimgroep beschouwden en hem daarom waardeerden maar sprak niet ook juist daaruit, uit het gemak waarmee dat was gegaan, dat ze hem niet voor vol of in elk geval voor ongevaarlijk aanzagen? Dat was wel gebleken toen hij bij hun terugkeer in Nederland vertelde dat hij iets had met Lotte; toen hadden ze zich allebei zo verbaasd en afstandelijk opgesteld in plaats van gewoon blij voor hem te zijn.

Hij kwam erachter dat het in betere kringen niet ongewoon was iemand die er erbarmelijk of juist veel te goed gekleed bij liep te overladen met complimenten en zo belachelijk te maken voor ingewijden. Hij droeg in die tijd bretels en toen Paul daar een keer vriendelijk over opmerkte dat ze eigenlijk een stuk handiger waren dan een riem, voelde hij zich prompt rood worden en had met een stomme grijns gezegd: 'Maar het is verdomd onhandig op de wc.'

Hij zocht een verdediging – dat hij tenminste betrokken ouders had, en dat hij zijn jeugd zó zou overdoen. Het hielp niets. Alleen Lotte was in dat verband soms bevrijdend: juist omdat zij totaal ongegeneerd zomaar iets kon zeggen als 'ze is van heel eenvoudige komaf maar best aardig' of 'hij komt nou niet uit wat je noemt een goed nest', kon hij het van haar hebben en hij lachte haar in haar gezicht uit. Hij kreeg steeds meer de indruk dat Lotte juist ondanks haar omgeving een redelijk gelukt mens geworden was.

Achter hem klonk het geluid van een auto. Daar kwam de boer, in een oude open Landrover. Van de groep passagiers ging een afwachtende bezorgdheid uit. Maar de boer reed in één beweging langs Martin tot net voorbij het kadaver, stapte uit zonder iets te zeggen, pakte het schaap bij twee poten en gooide het met een zwaai achter in de bak. Daarna regelde hij met de buschauffeur nog wat formaliteiten, tikte tegen zijn geruite pet, stapte op, draaide even verder handig bij een hek voor een akker en reed met grote vaart langs hen heen en terug naar waar hij vandaan kwam. In het voorbijgaan zag Martin nog een moment van vlakbij het schaap. Het lag plat op de bodem van de bak, zijn verrassend zwarte tong uit zijn bek en nog steeds dat lege oog.

Hij schopte tegen een steentje, het stuiterde in de lengte van de weg verder. Hij zag zijn familie voor zich. Op verjaardagen en met kerst was hij zich gaan storen aan zijn vader, die sprak over 'vandaag een leuk vrouwtje in de garage' en woordspelingen maakte als 'verkrachte eenden' waar hij 'vereende krachten' bedoelde, of 'zeeteefje' voor 'theezeefje'. Daar werd om gegrinnikt door neven die in motorcross en bier geïnteresseerd waren en zijn vader een prachtkerel vonden en zelf ook de ene na de andere platitude ventileerden, nooit een boek lazen, zich niks over zichzelf afvroegen, ook nooit vroegen wat hij studeerde. Hij ontweek gaandeweg zijn oudere zus, die alles wist van aardstralen en genezende stenen (en dat later, op zijn huwelijk, met het zelfgenoegzame air van een gelovige aan zijn schoonvader zat te vertellen). Hij schuwde ook zijn eveneens uit de familietoon vallende jongste oom, die uit antiburgerlijkheid nooit een pak of das droeg en nooit op echte schoenen liep maar op gympen en intussen natuurlijk toch, net als al die door hem zo verfoeide burgers, gewoon zijn eigen gezin, zijn eigen voetbalclub, zijn eigen hypotheekje had.

En, schoot hem nu opeens weer te binnen, dat bij iedereen altijd de televisie aanstond als je binnenkwam, en dat ze die dan ook gewoon lieten aanstaan! Achteraf was hij opgelucht geweest dat Vincent niet op zijn huwelijk kon komen, zodat hij en Paul er tenminste niet samen waren. Hij herinnerde zich hoe hij zich tijdens het feest even had afgezonderd en had rondgedwaald in dat barokke huis van zijn schoonouders en de geur van de kamers had opgesnoven, die de geur van Lotte's jeugd was geweest, en toen hij weer terugkwam in de tuin Paul met een glas champagne in zijn hand zag staan. Paul die zijn zweverige zuster natuurlijk kostelijk vond en zich later in gesprek met de jonge oom zichtbaar inhield om niet te schaterlachen en er nog een schepje bovenop deed door opeens doodernstig zijn hand uit te steken en te zeggen: 'Paul van Woerden, beursspeculant.'

Later betrapte hij zich erop dat hij geneigd was Fiona weg te houden bij zijn familie; het was een van de redenen waarom hij na zijn studie nooit had gesolliciteerd in Nederland.

De chauffeur voerde opnieuw telefonisch overleg. Vervolgens deelde hij iets mee aan de verzamelde passagiers. Over hun hoofden heen riep hij naar Martin: 'Nieuwe bus! Tien minuten!' Martin stak zijn duim omhoog.

Hij keek over de weg, realiseerde zich dat hij de gewoonte had zijn handen op zijn rug te doen als hij slenterde. Hij dacht weer aan de geplande wandeling – het zou een heerlijke dag worden. Natuurlijk zouden ze het prachtig vinden.

Maar toch, dacht hij opeens – hoe had het dan moeten gaan. Want anders was hij altijd een boerenlul gebleven. Het was toeval dat het in Noorwegen gebeurde; het had weinig met Paul of de anderen te maken, het zou hoe dan ook gebeurd zijn – tenzij hij zijn geboortedorp nooit had verlaten. Dan was hij gebleven zoals sommige van zijn vroegere vrienden die, inderdaad, ook nu nog achterlijk waren. Misschien moest hij Paul zelfs dankbaar zijn.

Hij liep weer in de richting van Fiona. Ze zag het, zwaaide enthousiast. Hij zwaaide terug. En terwijl hij zag hoe in het schelle onvermengde licht overal paardebloempluisjes als kleine parachutes ronddreven, kreeg een andere gebeurtenis gestalte. Als ik niets had gedaan, dacht hij, en gewoon was blijven staan – en je was geneigd te denken dat het iets bijzonders was maar dat was het niet; op dit moment deden mensen overal ter wereld iets dat hun verdere leven bepaalde zonder dat ze het doorhadden. Want zijn geschiedenis met de klimmers, en met Lotte en Paul en Vincent, begon met een toevallige ontmoeting in een volle stadsbus.

Een donderdagmiddag in het najaar. Naast hem iemand van zijn leeftijd en lengte die een ongewassen en slaperige indruk maakte. Toen de ander uitstapte, drong op het laatste moment tot hem door dat er iets was blijven staan – een soort klein houweel. Hij pakte het en sprong ermee tussen de zich sluitende deuren door. Toen hij de eigenaar inhaalde en het ding omhooghield en teruggaf, kwam er geen bedankje, alleen een ironisch: 'Je houdt hem verkeerd vast.' En daarna: 'Dit is een ijsbijl – daar kun je' (drukte zijn duim op de punt) 'wel een schedeltje mee intikken. Maar het allerbelangrijkste is' – en hij demonstreerde, zette het ding onder zich op de grond – 'dat je er erg handig op kunt zitten. Aan deze ben ik trouwens nogal gehecht.' Toen stelde de ander zich toch voor. Het bleek dat ze in dezelfde gebouwen van de universiteit colleges volgden en elkaar daar dagelijks tegen het lijf hadden kunnen lopen. Uiteindelijk nodigde Vincent hem uit eens langs te komen bij de klimmers.

Hij glimlachte bij de herinnering. Vincent, die zei dat vliegen geen reizen was ('Dan *voel* je toch helemaal niet dat je afstand aflegt?') en daarom per se dat krankzinnige eind tot voorbij de poolcirkel met de auto wilde afleggen. Maar Vincent, dacht hij – en een golf van sympathie trok door hem heen – Vincent zou nooit wat bereiken in het universitaire milieu.

Vincent was briljant; hij had op zijn twintigste iets gehad van een robuust wonderkind, en was vooral zuiver wiskundig veel beter dan hijzelf. Voor hij Vincent leerde kennen zag hij zichzelf graag als analytisch, daarna had hij moeten toegeven dat hij alleen maar grondig en volhardend was. Maar Vincent was op andere vlakken bijziend en onhandig, hij miste het instinct dat nodig was om promotie te maken. Vincent zou het, met zijn volledig op eigen kompas zeilende houding, altijd verliezen van de gladde baantjesjagers. Als klimmer was Vincent de zuiverste sportman die hij had ontmoet; hij was een geboren voorklimmer – hij híeld echt van steen, van ijs, van het fysiek ondergaan van de elementen. Hij had een keer gezegd: 'Liefst zou ik mijn leven lang niets anders doen dan lopen, alleen maar lopen met een rugzak op – dag in dag uit, alle seizoenen.' Vincent leek zich er, opvallender nog dan Paul, nooit om te bekommeren wat anderen van hem dachten en misschien juist omdat dat zo overduidelijk was, wilde letterlijk iedereen door Vincent aardig gevonden worden. Vooral in het begin had hij zich in intellectueel opzicht naast Vincent gewoontjes gevoeld. Vincent redeneerde in discussies zoals een virtuoos improviseert op de piano. Maar toen hij op Vincents kamer zag dat hij zes boeken tegelijk las, had hij dat opeens gezien als uitermate typerend; Vincent was iemand die nooit richting aan zijn leven zou weten te geven.

Daar was de nieuwe bus. Log kwam hij in de verte de bocht om zwenken. Martin zag hoe mevrouw Llewellyn Fiona naar de berm dirigeerde. Alle passagiers, inclusief hondje, maakten zich op hetzelfde moment los van de oude bus, als verlieten ze een gestrand schip.

Maar al met al, dacht hij terwijl hij zich bij hen voegde, was hij toen toch ook blij dat hij anders was dan Vincent. Want de momenten waarop hij samen met anderen at, praatte, lachte, alles voor iedereen organiseerde, waren de momenten – en dit had hij op Vincent en ook op Paul voor – die het leven de moeite waard maakten. Soms dacht hij dat hij uiteindelijk pas bestond temidden van anderen. Dan was hij de zestienjarige die met vrienden ergens kon hangen – je deed niks speciaals, verveelde je zelfs en toch wilde je er koste wat het kost bij zijn. Er was ook iets bij de klimmers geweest dat in zekere zin de koestering van zijn kindertijd had teruggebracht: als hij als eerste naar bed was gegaan en in de tent lag en de anderen nog een tijdlang buiten op gedempte toon hoorde praten. Ja, daar had hij zich intens prettig bij gevoeld; het had niet ondergedaan voor onverschillig welk moment uit zijn jeugd. Ook daarom keek iets in hem, wat Lotte ook mocht inbrengen, volkomen oprecht uit naar de reünie.

De nieuwe bus stond klaar. Precies zo'n wit-blauw-cyclaamgestreepte als de andere. De chauffeurs overlegden terwijl een eerste passagier met enige bravoure instapte. De hele groep had trouwens iets uitgelatens – alsof ze daadwerkelijk waren gered.

'Papa-ha,' vroeg Fiona terwijl ze voor hem op de treeplank klom. 'Mag ik bij auntie Llewellyn zitten?'

'Wil je niet meer bij mij?'

Ze keek om. Hij trok een teleurgesteld gezicht, inclusief pruillip.

'Ja wel, maar...' Ze aarzelde.

'Je wilt bij het hondje zitten, hè?' Hij lachte. 'Ga maar.'

Fiona begon ook te lachen, gaf hem met haar vuist iets dat het midden hield tussen een duw en een stomp, draaide zich van hem weg en baande zich nogal onrespectvol een weg tussen de bejaarden door naar de achterkant van de bus. Martin ging, als de meeste anderen, op dezelfde plek zitten als voor het ongeluk.

Kinderen, daarover was Vincent uitgesproken, al op zijn eenentwintigste. Wanneer het onderwerp ter sprake kwam, kreunde hij met donkere *Apocalypse Now*-intonatie: 'The horror, the horror.' Hij had een boek bij zijn ouders uit de kast geplukt – *Beter contact met je kind* of zoiets – waaruit hij op zijn kamer voorlas als hij dronken was. Hij herinnerde zich een moment op de camping in Saas-Grund: Vincent op zijn buik in zijn tentje, hoofd buiten de flap en een arm uitstrekkend naar een dampende beker koffie – de rest zat gehurkt buiten voor een ontbijt in het schemerdonker, klaar om aan een dagroute over de Lagginhorn en de Fletschhorn te beginnen. Het gesprek kwam op de campingbaas die de voorgaande avond zelfgestookte *Schnaps* had laten rondgaan en had verteld dat hij de *überstolze* vader was geworden van een beeldschone dochter en Vincent lachte opeens, omhoogkijkend: 'Jezus, stel je voor: je hebt een dochter en ziet haar helemaal opgroeien en dan komt ze voor het eerst met een vent thuis, helemaal smoorverliefd en jij ziet al bij de deur dat hij voor geen cent deugt!' 'Iemand als jij dus,' zei Paul, onzichtbaar achter hem in de tent maar Vincent ging door: 'En hoe meer je afgeeft op zo'n vriendje hoe meer ze partij voor hem zal kiezen en daar ga je – zestien jaar liefde en toewijding!' Hij zei: 'In Italië ben je je mannelijkheid kwijt zodra je achter een kinderwagen gaat lopen.' Een andere keer, toen hij bij een tankstation stond te kijken naar een stel met een kind dat naar de wc moest: 'Het blijft toch een klein wondertje.'

Ze waren blijven zitten, de uitspraken van Vincent. Kleine dazen die zich in zijn geheugen vastbeten en zich roerden toen hij zelf vader werd. Want het had hem aanvankelijk enorm teleurgesteld, het ouderschap. Hij had het idee dat het zijn leven eentonig maakte en hoezeer hij zich dat vooraf ook had gerealiseerd, het bleek honderd keer erger. Het leek of Lotte er geen last van had, tot ze een keer verzuchtte dat ze nergens meer kon komen of het ging binnen drie minuten alleen nog over kinderen; en je was gedwongen mee te doen op straffe van... Ja van wat eigenlijk, had ze zich hardop afgevraagd. Een Amerikaanse collega zei hem dat het de kunst was het los te laten – de verwachting dat je in de nabijheid van kinderen kon werken of lezen of zelfs maar nadenken. Met een meer boeddhistische houding zou het allemaal lichter en ook interessanter worden. Maar voor hem werkte het niet. Hij begon de wetenschap als excuus te hanteren – onder het mom van werkdruk vluchtte hij avondenlang naar het lab. Hij begon het er met zichzelf over eens te worden dat het vaderschap al met al te weinig gaf, te weinig om het lijf had, dat hij een te hoge prijs betaalde. In zijn donkerste momenten kreeg hij het gevoel Lotte te zijn kwijtgeraakt – het kind was er niet bijgekomen, het was tussen hen gekomen. Het was ook lichamelijk – hij kon soms niet goed tegen babygeur, de lucht van de kinderkamer. Hij had vooraf verwacht dat het alleen al geweldig zou zijn Fiona dagelijks gade te slaan. Maar hij had dat nauwelijks, hij hoorde vooral oeverloos egocentrisch gekeuvel.

Ja, dacht hij, een huwelijk met kind maakte dat je het verstrijken van tijd scherper ervoer. Misschien stelden anderen, ongebondenen, zich voor dat het omgekeerd was – dat je je in het huwelijk continu wezenlijk en noodzakelijk voelde; dat was ten dele zo maar hij was zich er dagelijks van bewust dat hij één leven uit vele had gekozen en dat, terwijl hij dat ene leven leefde, alle andere mogelijke levens voortsnelden en dat hij daarvan uitgesloten was. Alleen al daarom zal Paul nooit trouwen, dacht hij er meteen achteraan.

Maar uiteindelijk was het gekanteld. Door eigenaardigheden, onvoorziene kleinigheden. Zoals dat Fiona Nederlandse woorden geaspireerd en daardoor heel raar bekakt uitsprak – daar kon hij geen genoeg van krijgen. En dat ze geraffineerd werd en hem uitprobeerde, zoals met dat bellenblazen. Dat ze kon zuchten als een actrice. Of dag in dag uit dat oude windjack aan wilde en nooit zou toegeven dat ze erin verzoop. Dat ze de slappe lach kreeg en dat hij dan de rest van de dag maar iets hoefde te zeggen en ze schaterde het opnieuw uit. En hij hervond nu ook iets uit zijn eigen jeugd, want hij herkende de hare als een zelfde gebied, een kamer gevuld met van alles dat eindeloos betoverde en bezielde.

Het verkeer werd drukker, ze naderden Swansea. Meer mensen stapten in, sommigen bleven in het middenpad staan. Recht vooruit zag hij in het verlengde van de weg een glimp van water, en masten van zeilboten in een haventje. Mumbles heette het hier – of eigenlijk Mwmbwls, een plaatsnaam zonder klinker. Een chaotisch toeristisch dorp met een pretpark, een promenade met bankjes en een ruïne. Hij begon te houden van Wales; van de lelijke huizen, van het verbrokkelde oude land met verborgen paden, van de zelden aantrekkelijke mensen en zelfs van hun platte hebbelijkheden zoals hun pubcultuur en het absurde belang dat ze aan sport toekenden.

De bus draaide linksaf de boulevard op. Het verkeer zat bijna vast, ze reden stapvoets of stonden stil. Er was zeker markt geweest. Daar, rechts in het zicht, een mijl of vijf verder in de bocht van de baai, lag Swansea tegen de heuvels. Nog verder naar rechts, aan de overkant, hurkte de altijd rokende en dag en nacht verlichte industrie van Port Talbot. Het werd eb, de baai was half drooggevallen. Hij zag het zelden – de overkant, zo, onder een hoge blauwe hemel.

'Och,' bracht hij uit. Hij bleef in de verte kijken maar kreeg de contouren niet scherp.

Hij zat naast Lotte bij een roerloos meertje dat hemel en aarde verdubbelde. Recht vooruit, op een kilometer of dertig, lag een wonderlijk verlicht rotseiland. Het was kwart voor één 's nachts maar achter hun rug hing de zon ruim boven de horizon. De anderen waren die ochtend vertrokken.

Hij had boodschappen gedaan in het dorp waar ze verbleven. Zijn voetzolen waren al dagen kapot maar hij was ook nog naar Reine gelopen, een volgend dorp zes kilometer verderop, om extra pijnstillers voor Lotte te kopen. Weer terug had hij eten gemaakt. Hij had uitgezocht hoe ze morgen naar het vasteland moesten om vandaar het vliegtuig naar Oslo te nemen. 's Avonds zei hij: 'Dit is onze laatste middernachtzon. Ik denk dat ik niet naar bed ga.' Lotte knikte vaag. Ze leek ingekeerd, maar zonder echt afstandelijk te zijn – eerder dof. Het sarcastische en grillige dat ze doorgaans over zich had was sinds haar val helemaal vervangen door iets anders, iets verongelijkts en krachteloos tegelijk – maar de verongelijktheid leek weg te ebben terwijl de krachteloosheid toenam.

Ze waren het dorp uitgelopen over de enige verharde weg. Overal stonden de typische grote antieke witgeverfde houten huizen, vrijwel allemaal verlaten en vervallen. Hun kwijnende schoonheid werd omlijst door het rauwe gekrijs van reusachtige meeuwen die hier gewoon op daken en in dakgoten broedden. Hij droeg een tas met de twee laatste uit Nederland meegenomen flessen wijn en glazen en een stuk scherpruikende *Skipper Stærk*-kaas. Hun wandeling was gestrand op een vriendelijke wildernis van kort gras en grote platte stenen.

Op een steen naast haar gezeten knikte hij naar de verte: 'Kijk, dat is Værøy en daarachter ligt nog Røst. Dat zijn de zuidelijkste eilanden.' Hij zei: 'Net of hier ruïnes hebben gestaan – al die platte brokken. Vind je ook niet?' Hij zag dat Lotte niet echt keek; haar blik dwaalde naar de grond voor haar voeten. Ze leunde naar voren, legde haar gegipste arm op haar knie. 'Wist je,' ging hij verder, 'dat de bergen hier zo spits zijn vergeleken met die op het vasteland omdat hier in de laatste ijstijd geen gletsjers bovenop hebben gelegen?' Ze knikte. Hij dacht: waarom doe ik dat zodra ik me ongemakkelijk voel – weetjes opdiepen. Hoe verdrijven andere mensen stilte? Hij hoorde hoe hij met elk woord dat hij sprak onechter klonk. Hij hield een tijdje zijn mond, luisterde naar het geluid van de wind en de kreet van de meeuwen, zei toen toch: 'Als die meeuwen nu de hele nacht wakker blijven, zouden ze dan 's winters de hele dag slapen?' Ze lachte flauwtjes. Hij keek weer naar het eiland, wilde iets zeggen over het uitzicht – iets wat geen kennis of spitsvondigheid etaleerde maar persoonlijk en origineel was. Maar hij wist dat hij op dit moment met haar erbij niet verder zou komen dan 'schitterend' of 'prachtig'. Hij zag zichzelf – hoe een ander hem zou zien. Het scheen hem toe dat al zijn gedachten en opvattingen minderwaardig waren. Ongetwijfeld verveelde hij haar geweldig. Hij zei bedeesd: 'Zal ik een fles openmaken?'

Ze ademde hoorbaar in. 'Ja,' zei ze, 'dat is een goed idee.'

Hij schonk. Binnen drie minuten hield ze haar glas weer bij. Ze tilde het omhoog en zei: 'Op de midzomernacht.'

'Ja,' zei hij afwachtend. Hij dronk, zette zijn glas neer, sneed een stuk kaas af en reikte het haar aan. Hij vroeg: 'Waarom ben jij eigenlijk bij de klimmers – omdat Vincent erbij zat?'

'Nou, nee,' zei ze. 'Door vakanties met mijn ouders denk ik. Het leek in de bergen altijd of ik loskwam van alles wat de rest van het jaar vanzelfsprekend was. Alles dat maar zo doorgaat bedoel ik, de ene na de andere dag.'

'Je was bijna te veel losgekomen,' zei hij. Mensen wat flauw, dacht hij meteen. Maar ze glimlachte. In een opwelling vroeg hij: 'Is Paul nou ook gevallen of niet? Hij zei van niet maar zijn horloge was kapot en hij kwam vanochtend als een oud mannetje onder de douche vandaan.' Hij zag dat ze kleurde. Hij bleef haar aankijken, ze haalde haar linkerschouder op. Ze knikte naar de fles.

Oké dan, dacht hij. We zetten het gewoon op een zuipen.

Maar ze vroeg even later wat hij van de groep dacht. Hij aarzelde, zei dat hij het mooi vond dat er geen echte competitie tussen klimmers was – nou ja, niet zover hij had gemerkt; het was alsof iedereen aan dezelfde kant stond en dezelfde tegenstander had.

Ze praatten wat over de afgelopen weken – over de reis, de groep. Algemene dingen. Daarna viel het stil.

Hij dacht hardop: 'Stel je voor – altijd daglicht zoals hier, dan zou je nooit sterren zien en geen enkele voorstelling van het heelal hebben. Wat zou dat betekenen – dat we nooit hadden ontdekt dat de aarde rond is?'

Ze draaide zich naar hem toe, kritisch trekje om haar mond. Ze stak alweer haar glas uit. Blies een paar haren opzij, wat haar gezicht indringender leek te maken. Ze ging anders zitten, voelde zich kennelijk beter nu. Hij zei dat de Noren hem tegenvielen – zo schaamteloos chauvinistisch en zo stug. Hoewel hij gisteren wel had moeten lachen toen hij zag dat iemand in de laag vuil op het bestelbusje van de dorpswinkel *I wish my wife was this dirty* had geschreven. Lotte lachte mee. Ze zei dat ze een beetje aangeschoten was. 'Ik ook,' zei hij, niet helemaal naar waarheid.

Maar de eerste fles was wel leeg. De tweede fles ging open. Hij schonk. Hij zag hoe haar hand onvast was toen ze haar glas naar haar mond bracht. Ze gaapte een keer, grinnikte: 'Mijn tong viel er haast uit.'

Ze is verdomme zo vlug mogelijk dronken aan het worden, ging het door hem heen. Straks vergeet ze dat die arm in het gips zit.

'*Were*,' zei ze opeens.

'Wat?'

'Het moet *my wife were* zijn.'

'Ah,' lachte hij met een vluchtig gevoel van geruststelling.

Ze keken in de verte. Achter hun rug begon de zon vanuit het noorden naar het oosten te verschuiven. Het zit in de blauwheid, dacht hij. De blauwheid van de schaduwen van het landschap. Daarin zit het bijzondere – niet in het licht zelf maar in al die verschillende blauwkleuren die het schept.

'Zeg eens –' zei ze met een vreemde stem. 'Ben jij sentimenteel?'

'Hoezo?'

'Wat is het sentimenteelste dat je ooit hebt gedaan?'

'Waarom wil je dat weten?' Hij ademde langzaam in en weer uit, dronk. Tentakels van alcohol drongen nu ook zijn brein binnen.

'Gewoon,' zei ze. 'Wat is het sentimenteelste dat je ooit hebt gedaan. Ik vertel het niet verder.'

'Heel fijn,' lachte hij.

'Nou?'

Hij wreef een hand over zijn gezicht, bedacht dat er iets gebeurde dat hij niet op waarde kon schatten omdat hij niet helder genoeg meer was.

Hij dacht even na. 'Goed,' zei hij met een half lachje. 'Ik, Martin Beers, beken dat ik afgelopen winter, kort na nieuwjaar, tussen twaalf en halftwee 's nachts drie kerstboompjes die met kluit en al aan de straat waren gezet, heb meegenomen en in het Wilhelminapark heb gepoot. Daarna ben ik elke week een keer langsgelopen om te zien of ze er nog stonden.'

Ze hield haar glas voor zich, drukte haar wijsvinger tegen de rand.

'Goed genoeg?'

'Misschien,' zei ze.

Hij keek een tijdje over het rimpelloze wateroppervlak. Het was meer een poel dan een meertje, dacht hij. Regenwater of smeltwater dat niet wegkon door de rotsbodem. Ze zei opeens, voor hem langs naar het oosten knikkend: 'Maar je ziet wel de maan. Zelfs als het de hele dag licht is. En de maan is rond. Dan kom je toch op een idee.'

Hij keek mee; daar hing een ijle nagel rechtop in het ijle blauw. En toen draaide hij zich terug en was haar gezicht dichter bij het zijne dan daarvoor. Ze had haar glas neergezet, keek hem aan en streek met twee vingers opnieuw haren uit haar gezicht en pakte – dat herinnerde hij zich scherp – zijn mouw, het uiteinde van zijn mouw zoals een klein kind dat doet, en kuste hem.

Later, toen ze terugliepen, had hij gedacht: ik ben niet verliefd. Iedereen is verliefd op Lotte maar ik niet. Omdat ik nooit een moment dacht in aanmerking te komen? Toen ze hem zo ineens zoende had hij zich laten overrompelen en Lotte was zo mooi en bijzonder dat het vanzelf zou komen, die verliefdheid.

Weer in het dorp had hij gezegd: 'Weet je waarom zoveel huizen in Scandinavië roestkleurig zijn? Omdat die kleur verf veel goedkoper is dan andere – er zit ijzer door of zo. Door het klimaat moet het hout vaak opnieuw worden geverfd. Dus hier hebben rijke mensen gewoond.'

De bus was halverwege de baai. Links van de boulevard verschenen glooiende, goed onderhouden gazons met daarachter de universiteitsgebouwen. Rechts vlamde de zee.

Hij staarde naar de zon en voelde zich oneindig nietig en breekbaar, een gevoel dat opeens werd tegengesproken door de gedachte dat hij het was die naar de zon keek, dat de zon zich niet eens van zijn eigen bestaan bewust was – en dus was hij in een bepaald opzicht superieur aan diezelfde oppermachtige zon. Maar dat was nu typisch iets, als hij dat zo dadelijk zei, zouden Paul en Vincent hem natuurlijk weer voor religieus uitmaken.

Later had Lotte dat nog eens gedaan, zo zijn mouw vastgepakt. Dat was op de dag dat ze voor het eerst bij Oxwich het huis gingen bekijken waarin ze nu woonden. Ze wisten het meteen, op het moment dat ze uit de auto op het onverharde pad stapten – of misschien al daarvoor, bij het passeren van het groene *National Trust*-bordje aan het begin van de weg naar de baai. Hij herinnerde zich dat hij bij het binnenstappen van een kamer zijn adem inhield; dat de kasten met servies zacht dreunden toen ze over de houten vloer liepen; dat hij bij een open raam de nabijheid van de zee gewaarwerd – een groot zuchtend wezen. En toen had ze zijn mouw vastgepakt en hij had het gevoel dat ze nooit zo dicht bij elkaar waren geweest. Hij had werkelijk gedacht: dit is het gelukkigste moment van mijn leven. Hij stond op het punt het te zeggen maar iets aan de rand van zijn geheugen weerhield hem.

En later, de eerste keer dat ze in het huis sliepen, had hij wakker gelegen van geluk. De hele nacht had hij door het open raam een uil gehoord terwijl hij op zijn zij naar de als zeevonken oplichtende wijzers van de wekker staarde, en de dikke haag om de tuin hoorde rillen in de zeebries, en de boom in de hoek van de tuin met lage takken waarvan er een onophoudelijk als een bezem over de grond zwiepte. En hij geloofde erin – hij dacht: ze is beeldschoon, ze is een fantastisch mens. We zijn bijna twintig jaar samen en ik heb nog nooit aan een ander gedacht. Hij dacht: ik had het niet beter kunnen treffen; Lotte ontroert me elke dag, er komt uiteindelijk een moment waarop ik verliefd op haar word.

Ze kwamen aan bij het busstation. Ze zouden zowaar nog op tijd komen – net. Mevrouw Llewellyn droeg Fiona aan hem over, hij bedankte haar.

'Papa,' wees Fiona, 'weet jij wat voor hondje dat is?'

'Nou,' zei hij met een nadenkende frons. 'Volgens mij – is het een tekkel.'

Ze keek hem verbaasd aan. 'Nee!' zei ze. 'Het is een puppy!'

'Ja –' lachte hij, 'we hebben allebei gelijk. Het is een puppy, én een tekkel. Een puppy is een jong hondje. En een tekkel is het sóórt hondje.' Kijk eens aan, dacht hij. Zuivere kennistheoretische discussie met mijn dochter.

Ze keek verward en teleurgesteld. 'Maar... hoe heet zo'n hondje dan?'

'Nou,' zei hij terwijl hij zijn tas over een schouder hees, 'een tekkelpuppy?'

Meteen klaarde haar gezicht op. Ze herhaalde het woord. En nog eens. En vlugger. Tekkelpuppy tekkelpuppy! Ze bleef het woord herhalen en stikte tegelijkertijd bijna van het lachen. Dit was wel het raarste woord dat ze ooit had gehoord. Hij pakte haar hand.

Ze liepen een paar straten door. Stonden ten slotte even stil bij een oversteekplaats met gele bollen aan weerszijden. Swansea had een bizar klein stationsplein – alsof de stad de op het doodlopend spoor binnenkomende treinen nauwelijks tolereerde.

Hij ademde diep in. Kreeg het gênante idee dat hij zichzelf liep op te laden. Hij bedacht dat de meningen van Vincent en Paul van destijds niet meer dan een masker vormden, gebral om onvolwassenheid te verhullen.

Fiona trok aan hem toen ze de stationshal binnenliepen. Het door hoge ramen invallende zonlicht verblindde hem een moment. Het was druk, er was net een trein aangekomen. Hij rekte zich en zocht. Daar, temidden van alle rumoer en beweeglijkheid, was een gezicht dat hij kende. Het was Vincent.

Drie

I

Wat was dit, wat wilde het – dit vreemde roestkleurige licht dat alles fixeerde; nooit eerder zag hij zoiets. Nu, midden op de dag, werd het nog gedempt, mengde het zich met helle reflecties van besneeuwde toppen en de marmeren weerschijn van de zee. Maar vanavond zou het weer groeien, zou het zich losmaken en als een golf op het strand over de wereld vloeien en alles aanraken. Er viel niet aan te ontsnappen, het drong in alles door en het peilde en doorzag je tot op de bodem van je geest. Het gaf een gevoel van onbehagen, van afstand en onbereikbaarheid – maar tegelijk trok het aan; liefst zou je jezelf vergeten en je erin storten. En het was alsof het vooral één ding duidelijk maakte: dat jij er niet toe deed, dat de zon precies zo wonderschoon en alomtegenwoordig over deze eilanden zou schijnen als er nooit een mens had rondgelopen om het te zien.

De wind, die de hele dag afwezig was geweest, stak opeens op. De adem van de zee streek scherp langs zijn gezicht. Zijn lippen werden droog. Een traan woei uit zijn oog tegen zijn neus. In de diepte verschenen speelse lichtvlakken waar het water rimpelde – maar misschien was elke rimpel een metershoge golf, een schuimende kam tussen gladde ravijnen. Hij bleef met zijn schouderbladen tegen de rots staan waar hij al tegenaan stond sinds ze op deze top waren bovengekomen. Hij haalde zonder echte bedoeling zijn zakmes te voorschijn, klapte het open, dicht, en weer open.

Wat een prachtidee, hiernaartoe te gaan – want het was zijn plan geweest; hoewel sommige klimmers hem, en ook Lotte en de anderen, nu wel tot vervelens toe zouden afdoen als estheten. Die discussie pakweg twee jaar geleden – bij het daklopen, een van de eerste keren misschien dat Paul er ook bij was. Op een uitzonderlijk saai feestje had hij opnieuw bijna slaande ruzie gekregen met zo'n corpslul tegen wie hij betoogde dat het interessanter was op een top van duizend meter te staan waar niemand je was voorgeweest dan op een vierduizender waar dagelijks hele troepen als mieren tegenop krioelden. 'Ik prefereer een uitzicht dat geen mens ooit zag boven de Mount Everest,' had hij gezegd – en hij was uitgelachen en een mooiloper genoemd, geen echte klimmer. In plaats van dat ventje gewoon een flinke draai om zijn oren te geven had hij zich verdedigd met het argument dat dit precies het verschil was tussen een sportman, iemand die elk weekeind tegen een doodsaaie rotswand in de Ardennen geplakt zat, en een ontdekkingsreiziger.

Nu, hier, zag hij dat hij zich had aangesteld. Tegelijk was het zonneklaar dat hij zijn gelijk haalde. Want hij had ontdekt wat niemand hem had verteld: dat Noorwegen geen land was; het was het begin van, een doorgang naar – iets onmetelijks, een aangrijpende verlorenheid die hij niet eerder had ervaren, ook niet in andere gebieden met bergen zoals Zwitserland of met barre leegte zoals Schotland. Het begon op de derde dag van hun reis, toen ze van Oslo recht naar boven over de kaart reden, langs Hamar en Lillehammer. Aanvankelijk had het landschap hem juist teleurgesteld – zachte glooiingen met een kerngezonde vacht van naaldwoud, ruisende maar duidelijk sinds lang getemde rivieren. Met de dorpse properheid van de Scandinaviërs erbij kwam de kwalificatie lieflijk wel in aanmerking. Maar opeens waren ze door een eenvoudige afslag naar links een ander seizoen ingereden en bevonden ze zich op een plateau zo groot als half Nederland, ten noorden van een gebergte genaamd Jotunheimen, het reuzenhuis, met bevroren meren en boomloze sneeuwhellingen en overal langs de gebarsten asfaltweg palen van zes meter hoog om, zoals een Noor bij een toltunnel nonchalant vertelde, 's winters de weg te markeren. Zodra je op een parkeerplaats uit de auto stapte beet de kou in je gezicht en ze hadden haastig hun jassen uit de kofferbak getrokken. Het was moeilijk voorstelbaar dat het in de rest van Europa gewoon juni en zomers bleef. Diezelfde middag besloot hij dat hij zijn verdere leven nooit meer door een ander land hoefde te reizen. Ook de dagen erna hield hij een voldaan gevoel – over het besluit de zieltogende Taunus van zijn oom te kopen, en over de ingeving Lotte, Paul en Martin mee te vragen zodat ze in de ogen van sommigen een excentriek clubje werden. En wat vermakelijk dat zich nu zelfs een grotere groep had aangesloten – hoewel Martin daar vermoedelijk achter zat.

Hij draaide zich opzij naar de anderen. Lotte tuurde door een kijker die ze met beide handen vasthield; ze stond half met haar rug naar hem toegekeerd, één voet vooruit op een steen. Hij wist dat ze haar houding meteen zou wijzigen als hij zwaarwichtig 'Caspar David Friedrich!' riep. Ze keek naar het noorden, waar Moskenesøya en Flakstadøya zich graat na graat blauwer en ijler aftekenden – en terwijl hij naar haar keek kreeg hij ineens, alsof de schaduw van een wolk over het land trok, een donker visioen: dat zo vriendschappen waren; uiteindelijk werd alles van kleur ontdaan en opgeslokt door – ja, door wat, toch zeker niet alleen door latere belevenissen. Hij zette de punt van zijn zakmes in het oog van een riempje aan zijn rugzak en draaide het rond zonder kracht te zetten. Alles zou nu dus veranderen, dacht hij verwonderd – terwijl dat juist was wat hij had willen voorkomen. Maar het kon natuurlijk niet, redeneerde hij er meteen tegenin, het hele idee was belachelijk; hij kende Lotte al zo ontzettend lang.

Vanaf hun twaalfde zaten ze in dezelfde klas. De eerste drie jaar was ze hem, behalve dat ze altijd als laatste werd gekozen bij balsporten, nauwelijks opgevallen. Dat veranderde toen hij er achter kwam dat ze de handtekening van de rector volmaakt vervalste en op de fiets naar school *Neue Deutsche Welle* op haar walkman afspeelde – daar ging iets aanstekelijk onafhankelijks van uit. Ze had de eigenaardigheid bij wijze van kritiek haar kin op te tillen en loom te glimlachen; maar de manier waarop ze als een valk met haar ogen knipte gaf juist de indruk van alertheid. Toen hij een introverte melancholie, of misschien was het fatalisme, onder haar spot ontdekte die alle andere klasgenoten scheen te ontgaan, had hij haar vriendschap gezocht. Hij herinnerde zich de eerste keer dat ze iets samen deden – hij nam haar mee naar een klassiek concert; zijn ouders waren verhinderd en ze hadden al kaarten. Bij het laatste stuk (hij wist het nog, het was Sibelius – *De zwaan*, of nee: *Tuonela*) zag hij opeens een traan over haar wang rollen. Hij had haar hand aangeraakt maar was tegelijkertijd een beetje geschrokken van haar emotionaliteit. Wat achteraf bleef, was het volstrekt nieuwe gevoel dat hij iets met iemand deelde.

De klas dacht dat ze iets hadden en er werden suggestieve grappen gemaakt. Maar er gebeurde nooit iets, ze waren bevriend – nooit meer dan dat. Achteraf zag je dat zoiets alleen op die leeftijd nog net mogelijk was: 's nachts samen zwemmen in een maanverlicht meertje, of je laten insluiten in de bibliotheek, en dan alleen maar oeverloze gesprekken voeren over alles dat er echt toe deed: hoe je spiekte bij een tentamen, welk soort jas het warmst was, de manier waarop de lerares aardrijkskunde altijd met haar benen uit elkaar zat, welke levende beroemdheid je zou willen ontmoeten (zij Margaret Thatcher, hij Neil Armstrong). Lotte werd later dierenarts, zei ze. Of anders oorlogsverslaggever. Hij werd goudzoeker. Ze had de charmante gewoonte kleine cadeautjes te geven; nutteloze dingen, prullaria, maar stuk voor stuk overhandigd met een gebaar of het de snuifdoos van Toetanchamon betrof – een losse pagina uit een Zweeds kinderboek, een hamertje met vilt uit een afgedankte piano, een betoverde kiezel die twintig keer zou stuiteren als je hem op het water gooide. Ze probeerden elkaar te overtreffen in het te laat (en zonder een zweem van excuus op je gezicht) de klas binnenkomen. Zo kwam het laatste schooljaar, en volgde het eindexamen, en bleven ze vrienden toen ze in dezelfde stad gingen studeren; zij kunstacademie en Engels, hij natuurkunde.

'Maar ik ben geen materialist!' hoorde hij zeggen. Hij keek opzij. 'Nou ja, hoogleraar – dat wil ik nog wel eens worden.'

Dat was Martin, die nooit werd aangeraakt door enig visioen en ook verder de intrigerende neiging had elke vraag serieus te beantwoorden. Hij zat een paar meter bij Paul vandaan op zijn typische manier gehurkt in de sneeuw. 'En een groot huis. Ja. Maar dat is het enige. Want ik geef niks om materiële dingen, ik ben niet geïnteresseerd in geld. Alleen een mooi groot huis. Met uitzicht op zee.'

'Geef je een seintje als het zover is?' zei Vincent – en hij had op hetzelfde moment spijt van zijn opmerking, hij wilde zich er niet mee bemoeien of met wie dan ook praten. Iemand reikte hem de kijker aan die Lotte zojuist nog had vastgehouden en hij maakte daarvan gebruik om zich terug te draaien. Daar rechtsonder, juist zichtbaar langs een loodrecht neervallende rotswand vol klaterend smeltwater, zag hij het plaatsje Reine. Het bestond uit een honderdtal huizen en schuren, samengeschoold op een paar meanderende landbruggen tussen de zee en een achterliggende baai die het langgerekte eiland bijna in tweeën deelde. Vanaf deze hoogte kreeg alles wat daar beneden bewoog een rustgevende traagheid en de proporties van een modelspoorbaan. Hij liet de kijker zakken, bleef naar de gladde wand kijken, waar een bleek waas langs hing door het verstuivende water, dat naar omlaag toe steeds wilder en dichter op de stenen sloeg.

Nee, dacht hij, ze hadden elkaar in die tijd nooit zelfs maar aangeraakt, en ook daarna niet. Toen hij ging studeren zag hij haar minder vaak, misschien was het daardoor dat hij een paar eigenschappen aan haar ontdekte die hem eerder niet waren opgevallen – zoals dat ze soms erg onaardig over mensen kon zijn (ze rubriceerde zijn sympathiekste huisgenoot botweg als 'niet bepaald aantrekkelijk'); dat ze een koude en kale kamer had en niet goed wist hoe ze het gasten naar de zin moest maken; dat ze nadat ze iets één keer had meegemaakt of er zelfs maar vaag over had gehoord – Ethiopisch restaurant, antikraakvilla – kon doen alsof ze werkelijk alles over dat onderwerp wist. Hij schrok soms terug als hij haar emotionaliteit zag opkomen. Maar hij was oprecht blij toen ze bij de klimmers kwam. Hij bleef haar trouwste vriend, was ook vastbesloten dat te blijven, en niets leek voor de hand liggender dan dat het zo zou gaan – tot een week geleden, op de Slogen, nog in Midden-Noorwegen (en hij kreeg het weer in alle scherpte voor zich), toen hij, terwijl Paul en Martin al afdaalden en Lotte bleef staan en hem opwachtte, aarzelde of het niet toch op de een of andere manier kon lukken de top of anders de DNT-hut aan de andere kant van de berg te halen. Hij had zich er uiteindelijk bij neergelegd, en zich omlaaggehaast in het ontspannen gemzenloopje waarmee hij doorgaans iedereen achter zich liet in een afdaling – maar al te nonchalant deze keer, hij gleed opeens half weg, struikelde en schoot naar voren, was niet goed in staat te remmen en Lotte had hem, lachend, armen gespreid, ze kon gewoon blijven staan waar ze stond, min of meer opgevangen, had hem daarna niet meteen weer losgelaten, en hij haar ook niet, en toen werd het plotseling erg vreemd en het volgende ogenblik stonden ze te zoenen.

Hij vroeg zich af of hij het er misschien al die tijd onbewust op had aangelegd Lotte verliefd op hem te laten worden. Want als hij één kwaliteit had ontwikkeld sinds hij student was, dan was dat het wel. En was het glorieuze doel eenmaal bereikt, dan verloor het binnen de kortste keren zijn betovering en beschouwde hij het, al even instinctief en mechanisch, als onbeduidend. Hij had gedacht dat Lotte het ook zag en begreep; ze had tenminste in de dagen erna niets gezegd, ook niet zijn nabijheid gezocht maar hem alleen af en toe rustig aangekeken en hij verwachtte half dat zij ook aanvoelde dat het bij die ene uitglijder bleef, dat het haast een grap was waar ze in de toekomst samen om zouden kunnen lachen – tot eergisteren op de boot vanaf Bodø, toen Paul met Martin naar buiten ging om het uitzicht te bewonderen en ze voor het eerst weer alleen waren. Ze hadden tot dat moment over iets anders gepraat, geruzied over iets – eten van walvisvlees. Maar Paul was nog niet naar dek verdwenen of ze zei: 'Doe iets. Ik wil dat je iets doet. Beslis, in godsnaam.' Hij had bijna gezegd 'waarover?' maar zag aan haar gezicht dat ze wist dat hij wist wat ze bedoelde en niet in was voor zo'n grapje. Later bedacht hij dat ze al opvallend buiten zichzelf was geweest over het gedoe met die walvissen. 'Deze week,' zei ze. 'Ik wil dat je het zegt.' 'Oké,' had hij geantwoord – kalm, overdonderd.

De wind was weer helemaal gaan liggen. Nu rook hij de penetrante zilte geur van stokvis die in de dorpjes beneden alomtegenwoordig was. Het werd zo stil dat hij ergens ver weg een vogel hoorde, het geratel van een soort witte bergfazant die hij de afgelopen dagen vaker had gezien, en die pas na een tijdje zoeken op een tweehonderd meter lager gelegen helling langs het tinkleurige gesteente zag wegfladderen. Hij keek naar de dichtstbijzijnde top, zocht het geplande vervolg van hun route. Het merkwaardige aan elk berglandschap, dacht hij, was dat er rust van uitging terwijl je toch alleen maar chaos zag. Als je al die kriskras verstrooide blokken en ijsmassa's maar lang genoeg in je opnam, zou het lijken of je recht in de kale eenzaamheid staarde van een stokoude geest, die eens gedachten en gevoelens had gehad die nu alleen nog versteend en bevroren bestonden in deze grillige vormen.

'Zo gelukkig worden we nooit meer.'

Hij draaide zich meteen om. Het was Lotte. In een toevallig wak in het geroezemoes van de groep had ze haar uitspraak gedaan – die zijn stemming van het ene op het andere moment deed verschieten van contemplatie in sarcasme, want hij wist dat het de bedoeling was dat hij het hoorde, dat ze het alleen zei om hem en dat het sloeg op zijn favoriete zinnetje in een nummer van Van Morrison. Ze rekent te veel op de indruk die ze maakt, dacht hij, ze stelt zich aan. Hij keek naar de groep; het leek of niemand wist wat hij met haar opmerking aan moest – logisch, ze had het alleen tegen hem. Het was of ze zei: de anderen doen er niet toe maar jij, Vincent, jij begrijpt wat ik bedoel. Hij bleef staan, klapte toen niemand iets zei zijn mes dicht, stapte van de rots weg en zei: 'Zullen we verder?'

Zonder zich echt op de volgende top te oriënteren, zocht hij een pad omlaag. Nog voor ze daadwerkelijk bij hem was, voelde hij haar aanwezigheid. Ze probeerde hem in te halen; hij overwoog, in een boosaardige opwelling, er geweldig de vaart in te zetten. Toen hij stilhield kwam ze op de richel naast hem staan. Ze was de enige die hem was gevolgd, de rest had een andere, iets eenvoudiger route genomen.

Hij keek haar aan. Ze keek terug, kauwde op de binnenkant van haar wang.

'Jezus, Lotte,' zei hij vermoeid, en wat volgde verliet zijn mond haast automatisch. Misschien, zei hij, voelde hij hetzelfde voor haar. Of hetzelfde – nou ja, ze wist wel wat hij bedoelde. Hij lachte, ze lachte niet mee. 'Dat ik – hetzelfde voel,' zei hij. (Maar hij sprak het ene woord niet uit.) Hij ging rechter staan, zag links in zijn blikveld anderen, de eersten van de groep, via het laagste punt in de kam op handen en voeten naar de volgende top klauteren. 'Maar je kent me,' zei hij met geforceerde zelfspot terwijl hij haar weer aankeek – ja als iemand hem kende, zei hij, dan was zij het toch, en zij wist ook hoe het hem tot nog toe was vergaan; dat hij het nooit langer dan een paar weken met iemand uithield en er dan een puinhoop van maakte. En in breder perspectief hing hij trouwens sowieso het inzicht aan dat een rustig of overzichtelijk bestaan je ziel uithcldde. Ze keek hem aan met een naar zijn inschatting begripvolle blik. Hij begon zich zekerder van zijn zaak te voelen, kreeg de indruk dat hij alles precies goed deed. 'Ik wou dat ik er iets aan kon doen,' begon hij opnieuw, nu met een soort flegmatieke teleurstelling. Maar, ging hij verder, het was bij hem altijd hetzelfde liedje: na een week of drie sloop er een somberheid in zijn stemming die zich letterlijk als een opkomende misselijkheid door zijn lichaam verspreidde. En dan kreeg hij het gevoel dat twee levens, eenmaal samengesmolten, aanmerkelijk minder waard waren dan één plus één. Hij begon van zichzelf en van alle sentimentaliteit te walgen en begreep niet hoe elk woord tot de ander als een pad op zijn tong leek te komen terwijl hij zich zo kort daarvoor in een roes bevond die belangrijker scheen dan het leven zelf. 'Misschien zou het geweldig zijn,' zei hij kordaat. 'Sterker nog, ik weet wel zeker dat het geweldig zou zijn – de eerste tijd.' Maar dan zou het veranderen. 'En daarvoor moeten we onze vriendschap op het spel zetten? Want dat zouden we doen.' Ze antwoordde niet, keek naar een punt voor haar voeten. Hij keek naar haar gezicht, dat verscholen ging achter een lok. Hij voelde zich vreemd opgewekt en helder. Hij had het idee dat hij nog nooit in zijn leven zo eerlijk was geweest. Ze bleef tot zijn opluchting ook zo rustig; ze had al die tijd zonder tegenspraak geluisterd, kon zich wellicht in zijn redenering vinden of zich in elk geval in hem verplaatsen. Iets in hem zag de noodzaak er nog een schepje bovenop te doen: hij herhaalde dat het natuurlijk fantastisch zou zijn, dat ze dronken van elkaar zouden worden – maar dat het net als echte dronkenschap op een platvloerse manier zou eindigen.

Ze keek op. Haar gezicht was tot een lelijke grimas vertrokken. Ze was rood aangelopen, ze beet op haar samengeperste lippen, haar ogen stonden vol tranen. Ze snoof het vocht in haar neus omhoog en zei, half verstikt maar met krampachtige beheersing: 'Je vertelt me niks nieuws hoor, ik weet dat ook. Ik weet hoe je bent. Misschien weet inderdaad wel niemand zo goed hoe jij bent als ik. Maar ik durf dat aan – ik durf dat terwijl ik je door en door ken. Dus waar haal je het idee vandaan dat jij die beslissing voor mij moet nemen?' Ze slikte, haalde haar neus weer op. Ze keek naar haar handen, trok haar in elkaar gewrongen vingers met een ruk uit elkaar en liet ze in een gebaar van onmacht naast zich neerhangen. 'Weet je waarom ik huil?' snikte ze. 'Niet omdat je me afwijst hoor, denk maar niet dat ik daar geen rekening mee hield. Nee – ik huil omdat je niet eens eerlijk tegen me durft te zijn.' Hij wist niets te zeggen. Hij verwachtte dat ze nu driftig en vilein zou worden – dat was hem tenminste vaker zo overkomen. Hij zocht naar iets troostends maar op dat moment schoot een al eerder opgekomen redenering door hem heen: dat je een pleister ook niet voorzichtig van je huid moet trekken maar met een ruk. Ze werd echter juist kalm. 'Zeg het dan tenminste gewoon,' zei ze beheerst. 'Zeg gewoon dat je niet genoeg voor me voelt. Hoe kom je erbij dat je onze vriendschap op het spel zou zetten – waarom zeg je dat zo? Denk je niet dat je die nu net zo hard op het spel zet door me als een klein kind te behandelen?' Ze verloor opeens toch de controle, haar stem werd huilerig en fel tegelijk. 'Je maakt de liefde van je leven kapot, Vincent – jij ziet het niet maar ik zie het wel. We kennen elkaar al zo lang. Zo ontzettend lang geleden dat we elkaar hebben leren kennen, dat moet toch iets betekenen. Het is iets ongelooflijks, wat er nu gebeurt. Zo zie ik het. Maar jij, jij gooit het gewoon weg! Ik kan het niet geloven!'

'God,' zei ze bitter terwijl ze wegkeek, 'dat je het niet eens een kans durft te geven.'

Ze wreef met een hand over haar ogen. Op haar gezicht kwam een flauwe glimlach. 'Dus dit is het?' zei ze. Hij zweeg, een argument dat al de hele tijd op de drempel had klaargestaan stapte zijn gedachten binnen: dat Lotte sterk was – ze deed dramatisch maar dwars daardoorheen voelde je altijd haar kracht; en juist dat had het makkelijk gemaakt zijn 'nee' op te voeren – ze zou er zo weer bovenop zijn. Tegelijkertijd was hij verbaasd, hij wist niet precies waarover. Het zat in haar reactie, haar onmacht, en dan niet de omvang daarvan maar iets anders. Diep in hem roerde zich de aarzelende suggestie dat dit ontzette wezen voor hem misschien de echte Lotte was, die hij pas nu voor het eerst in zijn leven zuiver voor zich zag en dat dat, wat het ook precies mocht betekenen, specialer was dan alles wat hij tot nog toe in een ander had ontdekt.

Op dat moment tilde ze haar kin op en zei: 'Goed – ik kan je één ding zeggen: ik stort me op de eerste de beste leuke jongen die me zekerheid biedt. Want zoiets wil ik nooit meer meemaken.' Ze draaide zich om en liep met haar langbenige tred de anderen achterna. Hij opende zijn mond om iets te zeggen maar stikte in zijn woorden – want hij was woedend over dat laatste. Dat ze toch weer zo moest zijn! Wat een bakvissenreactie! *De eerste de beste* – Jezus, dat moest ze dan maar vooral doen! Hij had volkomen gelijk gehad, een paar weken eerder tegenover Paul – dat ze soms wel een actrice leek.

Zijn aandacht werd getrokken door iets op de grond, tien meter voor hem. Hij liep ernaartoe. Tussen een paar natte stenen, in de glinsterende sneeuw, lag de kaart die Lotte in haar hand had gehouden terwijl ze door de kijker tuurde. Hij bukte zich. Toen hij zich oprichtte en in de verte haar gestalte kleiner zag worden, maakte zich een diepe opluchting van hem meester, en het koele besef dat het uiteindelijk weinig had verschild van alle andere keren. Hij sloeg het zand en druppels smeltwater van de kaart, vouwde hem op en stak hem in zijn rugzak. Toen hij naar het gebergte rondom keek, leek het of er al iets in het licht veranderde – maar misschien waren het alleen de verschuivende slagschaduwen van Moskenesøya's toppen, die als eeuwige zonnewijzers in het landschap stonden.

2

De vier automatische fluittonen kwamen van ver, drongen rauw zijn bewustzijn binnen. De deuren sloegen dicht. Het perron van station Cardiff, de fleurige reclameborden, drie goedgehumeurde werklozen met bruine flessen op een bankje begonnen gestaag weg te stommelen, gevolgd door een rangeerterrein, een erg lang en lelijk appartementencomplex (*Summer rooms available now*) en fletse zondoorsneden straten en rijen treurige arbeidershuisjes die elkaar langs het spoor verdrongen en hem met hun ramen aanstaarden. Daar lichtte één diepblauw geverfd huisje op, een gentiaan in dor gras. In de trein, zong een liedje van vroeger, kreeg je altijd de ongeschoren kant van het leven. Maar Cardiff lag toch zeker vlak aan de kust, bedacht hij – waar was dan de zee? Hij reikte naar zijn bagage, trok van onder zijn laptop een reisgids voor Wales te voorschijn die hij eergisteren uit de boekenkast van zijn vader had getrokken. Hij bladerde naar het hoofdstuk over Cardiff en zag een panoramafoto van het *Waterfront*, waarop de bebouwing week en de ruimte zich opende naar de haven, vol tuimelende witte vleugels en rijen geketende schepen als grote, naar het land gelokte en van hun lenigheid beroofde dieren. Maar ook hier kroop vanuit de hoeken een sfeer van verval en tijdelijkheid – sepiakleurige pakhuizen met kapotte ruiten en roestige, in hoog onkruid gewortelde kranen als prehistorische skeletten. Geen twijfel dat ook hier de zon zou schijnen als er nooit een mens had bestaan.

Ik had niet met de trein moeten gaan, dacht hij met een lui gevoel terwijl hij zijn stijfgeworden rug rechtte en zijn benen in het gangpad strekte. Als je zo voortschoot door het land, met de schok van de wielen als de tik van een metronoom, gingen onvermijdelijk je gedachten met je op de loop en begon je te piekeren over alles; dat had hij van tevoren kunnen weten. Hij keek naar Paul, tegenover hem en verdiept in het krantje, het artikel dat hem zo enthousiast maakte. Zou Paul het doorhebben – dat hij liever alleen zou zijn en bij voorkeur even niet over vroeger sprak, dat hij expres zo lang met die scholieren in gesprek was gebleven, ook al niet opzet was blijven hangen bij dat barmeisje, dat hij in zijn email van vorige week alleen had aangegeven per trein te gaan omdat hij er helemaal van uitging dat Paul een vliegticket had gekocht? Het was lastig Paul te peilen, dat was vroeger zo geweest. Hij had die eigenschap je aan te kijken met een geconcentreerde beweeglijkheid in zijn blik, alsof hij niet echt naar je woorden luisterde maar uit je uitdrukking en houding je werkelijke stemming en gedachten probeerde af te leiden. En Martin, herinnerde hij zich nu, had zich daar altijd vreselijk ongemakkelijk bij gevoeld – ze hadden van die flauwe discussies over religie gehad, waarbij ze Martin in een hoek dreven terwijl ze stuk voor stuk wisten dat Martin in zijn hele leven geen tien minuten het bestaan van God serieus had overwogen. Wat hemzelf betreft: hij vond die kant van Paul toch eerder komisch dan irritant. Hij had het eens, op haar kamer, tegenover Lotte vergeleken met de manier waarop een verzadigd reptiel een konijn observeert. Precies dat – zo'n gevoel over de manier waarop Paul mensen bekeek, had hij vanochtend meteen weer gekregen toen ze elkaar in Brussel troffen; want hij zag er in Pauls ogen natuurlijk te degelijk, te keurig uit, dat merkte je al aan de manier waarop hij je liet voorgaan bij het instappen. Paul kleedde zichzelf nog steeds zo studentikoos dat het opzet moest zijn – of misschien was het toch onvolwassenheid. Hij nam Paul opnieuw op, het leek of geen van zijn kleren hem echt paste – te ruim op één plek en te krap op een andere; eigenlijk was hij gewoon een welopgevoed, innemend jongetje van veertig, zo verschanst in aangeboren superioriteitsbesef, dat hij – ja, dat was het eerder – naar andere mensen keek of ze tentoongestelde exemplaren van een vreemde diersoort waren.

Hij keek naar buiten, merkte dat de monotonie van de

treingeluiden was getransformeerd tot een meer diffuse gewaarwording – van spraak, een sussend en eentonig kinderdeuntje. Paul had zich in de *Eurostar* kennelijk herinnerd dat hij nooit gek was geweest op lange tunnels – en hij had dat om de een of andere reden ontzettend sympathiek aan Paul gevonden, dat opzichtige prikken alsof in twintig jaar niets was veranderd. Wat natuurlijk ook zo was; ze zouden altijd deel van elkaars herinnering uitmaken. Het spoor liep over een brug, ze bewogen zich verder Wales in – een landschap dat bedaard rees en daalde, als een reusachtig ademend lichaam. In tegenstelling tot in Nederland stonden hier losse bomen in weilanden, mochten beekjes slalommen en over zichzelf struikelen, zagen geploegde akkers er niet uit of ze voor de zondag waren aangeharkt. Ja, dit werd dan toch wat je je voorstelde bij *glorious countryside*: diepgroene heuvels, beboste valleien, verscholen dorpjes. Hij herinnerde zich dat hij geërgerd was geweest dat iemand – Paul natuurlijk – zomaar zijn mailadres aan Martin had gegeven; maar nu was hij Paul dankbaar voor zijn initiatief. Mijn hele leven, dacht hij, heb ik alleen leeftijdgenoten ontmoet die aardiger waren dan ikzelf. Behalve in Japan, dacht hij er meteen achteraan. Hij keek tegen de zon in, kreeg een beeld voor zich dat verwant leek aan de Japanse poëzie die hij had proberen te lezen nadat hij een tijdje taallessen had gevolgd: dat hij vijftien jaar in de cocon van de zuivere wetenschap had gezeten en daar nu moeizaam en gekreukeld uit kroop. Want hij had Japan en zijn onderzoeksbaan als een losse huls achtergelaten. Hij had gelogen tegen Paul, hij logeerde geen week bij zijn ouders maar al een maand. Hij glimlachte voor zich uit bij de gedachte dat hij die fles drank ook helemaal niet voor Martin had gekocht maar voor zijn vader aan wie hij hem, eenmaal thuis, niet meer had willen geven; hij had nog in zijn koffer gelegen toen hij voor Wales was gaan pakken.

Nee, ach, Tokyo – hoewel ze daar zijn contract wilden verlengen had hij een paar dagen geleden definitief besloten niet terug te gaan. En nu hij was ontsnapt kwam de periode daar hem voor als een ziekte waarbij je je, eenmaal genezen, nauwelijks meer kon voorstellen hoe miserabel je je even daarvoor had gevoeld. Het was erg vreemd; het was of hij, toen hij daar rondliep, niet alleen niet bij machte was los te komen van het stereotiepe beeld dat hij vooraf had gehad maar dat zelfs voortdurend bevestigd zag. Hij kon er tijdens zijn tussentijdse bezoeken aan Nederland ook niet anders dan in clichés over praten. Hij hoorde zichzelf, anderhalf jaar geleden bij de begrafenis van zijn laatste grootouder. Na afloop aan de koffietafel, tegen belangstellende oude tantes: 'Geloof me, de Japanse maatschappij – één en al kille hypocrisie. Het zit overal in, ook in wat men als het echte Japan beschouwt. Die poëzie van ze bijvoorbeeld, haiku's en zo, met dat natuurideaal, en die tuinencultus – terwijl ze in werkelijkheid geen zier om natuur geven, daarvoor hoef je maar één blik op Tokyo te werpen. Al die verfijning, dat is alleen maar verlangen naar controle, esthetisch fetisjisme!' Ja, was hij doorgedenderd terwijl hij zag hoe de gelovigste van de twee tantes afkeurend fronste bij het woord fetisjisme, ja als hij iets over de ziel van de Japanner had geleerd dan was het dat. En die eeuwige alerte vriendelijkheid – terwijl ze tegelijkertijd vonden dat Europeanen niet slim genoeg waren om Japans te leren of te tippen aan hun eigen beschaving! 'Ik heb een collega,' zei hij, 'die me bekende dat Japanners vinden dat wij westerlingen maar kleine hoofden hebben ten opzichte van de rest van ons lichaam. Dus ik lach beleefd en werp tegen dat Japanse vrouwen, hoe elegant ook, grote handen hebben – zo groot dat ze bij ons kolenschoppen genoemd zouden worden. Maar die man kijkt me met een lege blik aan en weet u, zo kaatst alles wat je probeert op een muur van onbegrip. Geen greintje gevoel voor ironie – maar o o wat zijn ze superieur!' Later op de dag vroeg een neef of hij geen heimwee had. 'Nou, nee,' had hij geantwoord, 'en al helemaal niet deze zomermaanden. Die zijn om te stikken – erg vochtig en warm.' Nee, zei hij, ook niet naar de geijkte feestjes op het consulaat met andere expats, stuk voor stuk monumenten van geborneerdheid – en hij herinnerde zich dat hij als puber met deze neef ervaringen over meisjes had uitgewisseld en voegde toe dat het interessantste nog de vrouw van de Franse ambassadeur was geweest, een cynische alcoholiste met een vale gelaatskleur en een onderkaak als een snoek, die hem tussen neus en lippen door vroeg of hij een vuurtje voor haar had en haar minnaar wilde worden. En zo galoppeerde hij op zijn stokpaardjes, voor wie maar wilde horen. 'Niemand kijkt je aan op straat – al steek je dertig centimeter boven iedereen uit.' 'De meisjes daar hebben heel vreemd zachte borsten, moet je weten. En ze wonen allemaal tot hun veertigste bij hun moeder.' 'Ik geniet in Nederland van de kleinste dingen – kleren in de goede maat, bijvoorbeeld.' 'Je blijft als buitenlander toch altijd aan de rand van de maatschappij.' Hij was Japan werkelijk na vier weken al zo kwijt dat het verder weg leek dan die periode met Lotte en Paul en de anderen op zijn twintigste.

Soms dacht hij dat er nog iets anders meespeelde; hij vroeg zich af of het lag aan de stad zelf – of hij kon aarden in een echt grote stad. Overal werd je het idee aangereikt dat het ware leven zich daar afspeelde maar hij had een ander instinct; niet de geijkte afkeer (dat je je individualiteit inleverde, dat je zo werd gebombardeerd met indrukken dat je nooit tot rust kwam) maar iets fysieks. In de stad voelde hij zich blind en opgesloten, was hij zich nooit echt bewust van aarde, van ruimte, de voorstelling dat je met je hele hebben en houden door het heelal suisde. De drukte van een stad vertoonde overeenkomst met geloof in een hiernamaals: het suste je angsten, voorkwam dat je de stilte om je gedachten en voetstappen hoorde.

Het meest indringende uit die tijd leek nog een droom die hij een aantal keren in vrijwel identieke gedaante had gehad. In die droom liep hij ergens, waar precies was onduidelijk maar alles rondom was blauw, in verschillende tinten – blauw en stil. En terwijl hij liep kwam hij bij water, een poel of een klein meertje, waar hij niet verder kon. Hij bleef staan en bukte zich en zag zijn evenbeeld, en bukte verder, en stak zijn hand uit – en op het moment dat hij het water raakte voelde hij hoe hij zelf uit zijn lichaam het water in stroomde terwijl omgekeerd zijn spiegelbeeld bezit nam van zijn lichaam, rechtop ging staan en zonder een woord wegliep en hem voor eeuwig op die plek gevangen achterliet.

Hij voelde dat Paul naar hem keek. Zijn leven was compleet mislukt – hij kreeg opeens een sterke aandrang dat nu, volkomen zakelijk, aan Paul te bekennen. Maar die zou er met al zijn consideratie bovenop springen, zou alles willen weten; dat verried zijn reactie op de kleinste anekdote die je losliet – over dat laatste scharreltje bijvoorbeeld (en wat beschamend dat hij zich niet had ingehouden), en over zijn moeder die hem getrouwd wilde zien. Toch moet het van me afstralen, dacht hij – mijn briljante afgang. Hij sloeg in een impuls het reisboek weer open, zocht het gedeelte over de streek waarnaartoe ze onderweg waren en deed of hij zich concentreerde. Paul, dacht hij, zou het erg interessant vinden hun families te vergelijken. Hij was er die ochtend, toen zijn moeder ter sprake kwam, bijna over begonnen – dat hij zonder aarzeling zijn eigen lompe ouders zou inruilen voor Pauls kritische. Zijn vader, die hem zelfs op eenvoudige tochtjes in de bergen niet mee wilde omdat hij hoogtevrees had en een blok aan ieders been zou zijn; hij was natuurlijk juist gaan klimmen om zijn vader te ergeren, te bewijzen dat hij zijn hoogtevrees kon overwinnen en uiteindelijk een sublieme alpinist was. Maar eenmaal zover had hij thuis nooit iets losgelaten. En nu wisten ze ook niet van zijn afscheid van Japan; ze hadden nauwelijks iets gevraagd. Wel had zijn moeder hem vanaf dag één doorgezaagd zoals ze al jaren deed: of hij wel wist dat die-en-die oudklasgenoot tegenwoordig directeur bij de regionale Rabobank was; dat een ander uit zijn oude klas binnenkort vader werd – voor de *derde* keer; dat weer een ander, een meisje dat in zijn examenjaar een olympische zwemmedaille won, daarvoor onlangs opnieuw was gehuldigd door de burgemeester (en hij had het niet kunnen laten op te merken: 'Toch jammer dat het geen goud was.'). En opeens had ze gezegd: 'Lotte de Greve – daar ging jij toch vroeger wel mee om?' Nou, Lotte, had ze gehoord, Lotte was kunstenares geworden, erg succesvol naar het scheen. En ze woonde in het buitenland en was getrouwd met iemand die professor werd! Bij een ander, had hij gedacht, was in het buitenland wonen blijkbaar een kwalificatie.

Hoe lang nog, dacht hij. Een halfuur, iets meer. Alle plaatsen die de trein aandeed lagen aan de kust, maar de zee was nog geen moment te zien geweest.

Vijftien jaar geleden, kort voor haar huwelijk, had hij Lotte voor het laatst gesproken. Telefonisch – een kort en ongemakkelijk gesprek. Hij had het willen vragen, wat haar precies had bewogen, maar was zo overrompeld door haar kordate toon dat hij niets wist in te brengen, ook niet toen ze – en hij hóórde haar erbij zuchten – concludeerde: 'Vincent, het is al zo ontzettend lang geleden.' Hij was uit het veld geslagen door die opmerking; hij had verbaasd gelachen nadat hij de hoorn had neergelegd (en nog een hele tijd had vastgehouden) en gedacht: Jezus ja, al met al was het toch goed dat het zo was gelopen. Ze was op haar manier een fantastisch mens – maar onmogelijk om mee te leven.

3

'Voor mij is dat wel een definitie,' zei Paul met een half ironische, half verlegen glimlach. 'Of *de* definitie.'

Het was tijdens de lange terugweg via Zweden, in misschien het persoonlijkste gesprek dat ze hadden gevoerd. Vincent wist later niet meer precies hoe ze op het onderwerp waren gekomen, maar hij moest Paul iets hebben gevraagd in de trant van 'ben jij eigenlijk wel eens verliefd geweest?' (want hij kon zich daar niets bij voorstellen). En Paul, zonder aarzeling: jazeker, op de middelbare school, paar maanden lang, dochter van de rector. Nooit wat geworden, bekende hij onbekommerd, maar hij herinnerde zich nog goed hoe alles wat hem tot dan toe had beziggehouden volstrekt onbeduidend werd, hoe hij van 's ochtends vroeg tot 's avonds laat aan haar dacht en zich gedetailleerde visioenen vormde van hun toekomst. Maar, zei hij, vooral was hem bijgebleven dat hij bij alles wat hij hoorde, zag, at, meteen wenste dat zij er ook bij was en het zou meemaken, precies zoals hij. Achteraf had hij geredeneerd dat dat verlangen wel de zuiverste indicator, aanduiding, definitie moest zijn – van verliefdheid. 'Ja,' benadrukte hij nog eens, 'ik ben dat altijd zo blijven zien.' Vincent had alleen maar geknikt op die onvoorziene ontboezeming. Paul had er daarna zelf nog een relativerende grap over gemaakt – stille wateren die uiteindelijk niet diep maar vooral stilstaand bleken – en het gesprek was op iets anders gekomen.

Nadat de anderen vanaf Narvik, het noordelijkste punt van hun Scandinaviëreis, weer per trein zuidwaarts waren vertrokken, waren zij recht naar het oosten gereden, van de kust af. Vincent herinnerde zich later dat de auto steeds viezer was geworden (*ranzig*, was het woord in die tijd) en bij thuiskomst vol zand, gras, koekkruimels, stukken chips en vuil wasgoed lag; dat het rechterportier steeds amechtiger kraakte wanneer je het opentrok, dat het dashboardlampje voor oliepeil vanaf een zeker moment permanent bleef branden, en dat ze om alles hadden gelachen – om de felle afkeer die de Noren van Zweden hadden ('Don't go there, it's just a piece of mud'), om straalbezopen Lappen in Kiruna, om Pauls halfgare *Swedish cook*-uitspraak van elke plaatsnaam, om elanden die doodleuk op de weg gingen zitten herkauwen en het vertikten een centimeter op te schuiven hoe hard je ook claxonneerde. De Taunus hield er twee keer mee op maar ze werden beide keren door de eerste de beste passant geholpen. Paul kon maar niet uit over de Lofoten – die bergen, bleef hij herhalen, waren ze wel echt geweest, ze leken gewoon té veel op een kinderfantasie. En bij alles had Vincent, in weerwil van zichzelf en zijn besluit, aan Lotte gedacht. Bij een idyllisch landgoed aan een stil meer in Midden-Zweden, waar voor toeristen in het Engels stond aangegeven dat op deze plek Nils Holgersson – Lotte's favoriete kinderboek – inzag wat voor hem 'het paradijs' betekende, had hij zich voor het eerst afgevraagd of Pauls definitie opging voor hem, zijn gedachten omtrent Lotte. Ja, had hij geredeneerd terwijl hij langs het bord verder liep, een lange houten steiger op die ver in het meer stak – misschien was het zo. Want zelfs de roman die hij de laatste dagen bij het licht van de nachtschemer in zijn slaapzak las, leek steeds weer over haar, over hen te gaan en hij had de bizarre sensatie dat niemand ter wereld zó precies kon begrijpen wat met het boek werd bedoeld als hij. Maar ik heb toch ook niets ontkend, dacht hij terwijl hij op driekwart van de steiger bleef staan. Hij keek in het kraakheldere water, zag alle afzonderlijke stenen op de bodem en in tweede instantie ook vissen als ontwakende schaduwen. Nee, hij hoefde niks te ontkennen, hij wilde gewoon niet worden opgeslokt door dat monster – want uiteindelijk, welke naam je er ook aan gaf, werd het toch allemaal vrij vulgair zodra je erin stapte, elke verliefdheid leek op de andere, dat werd ook weer bevestigd door Pauls verhaal: van koosnaampjes tot keitjes tegen het raam, het tweekoppig egoïsme en de acute blindheid en onverschilligheid ten aanzien van de rest van de wereld, het zwelgen in elkaars nabijheid en de overgevoeligheid voor het geringste dat een vreemde over de aanbedene zei – wanneer je het een paar keer had meegemaakt, begon de weerzin tegen de afloop met de euforie van de aanvang te interfereren. Hij liep langzaam terug over de steiger en dacht:

of misschien heb ik haar gewoon te vroeg leren kennen – als kind, nog voor er seks aan te pas kwam, en ben ik haar altijd op een bepaalde manier blijven zien. Doorgaans werd je verliefd op een uiterlijkheid zoals een lach of een stem of iets moois in een gezicht en pas daarna, als je al voor de ander was gevallen, kreeg je echt een beeld van iemands karakter. Maar zo was dat niet gegaan bij hem en Lotte. Nog even, had hij gedacht, dan waren ze thuis en kon hij haar dit zeggen. De volgende dag, weer op de weg met de zon op de voorruit, voelde hij zich wakker en lucide; hij legde zijn hand op de rand van het portier en zette een ander bandje op en babbelde met Paul en kreeg allerlei voorstellingen over Lotte en hemzelf die hij niet eerder had gehad.

De trein stopte. Port Talbot heette het hier – hij bladerde door het boek, op zoek naar een landkaartje. Twintig minuten, langer kon het niet meer duren. Hij zag Paul opkijken toen achter zijn rug een rumoerig gezelschap het rijtuig binnenkwam. Hij keek naar buiten. Het zou zonnig blijven vandaag. Er stonden groepjes mensen op het perron; net buiten bereik van een aangelijnde bordercollie paradeerden een paar roofzuchtige spreeuwen. Daar hingen weer de zomerse reclameposters die je deze week waarschijnlijk op alle stations zag: een lokaal merk mineraalwater, geflankeerd door een azuurblauwe baai bij *Crete, an Epic Experience* en een al even mediterraan mannelijk fotomodel dat kwistig aftershave op zijn gezicht sprenkelde – en dat laatste bracht hem met een schok terug naar de herinnering, naar zijn reactie toen hij met Paul terugkwam in Nederland en al op de eerste dag hoorde dat Lotte iets met Martin had. Hij had ongelovig gelachen en tegen iemand – of misschien alleen tegen zichzelf, tegen zijn verbijsterde gezicht in de spiegel – gezegd: 'Hoe kan het? Hoe kan ze iets beginnen met een jongen die te veel aftershave op heeft?' En hij was toen hij Lotte de eerste keer terugzag een en al spot geworden. Op dat moment wilde hij niets liever dan haar raken. Hij vroeg – ze liep nog met een mitella – niet eens hoe het met haar arm ging of hoe haar reis was geweest, maar ging onmiddellijk in de aanval, begon meteen over Martin – dat hij zo knap en voortvarend (hij bedoelde: als De Uitvreter) de boel overnam bij de klimmers; dat hij je zo ondoorgrondelijk aankeek, intimiderend (maar niemand, wilde hij duidelijk maken, was ooit door Martin geïntimideerd) en toch zo prettig bescheiden was (dat je er achterdochtig van werd). Uiteindelijk was hij echt uitgevallen: het was toch godsonmogelijk dat zij, Lotte, iemand als Martin serieus kon nemen – iemand die zich nooit liet gaan, iemand die rondliep in een wereld waarin alle levende mensen keurig van etiketten en labels waren voorzien! Maar het was allemaal zinloos geweest. Lotte had haar vizier neergelaten en ging niet met hem in discussie. Toen hij die avond laat thuiskwam, verweet hij zichzelf zijn sarcasme; hij kwam tot rust en concludeerde dat het typisch weer iets voor haar was, een van haar grillen, en dat ze wel zou bijdraaien, zich uiteindelijk tegenover hem niet zou kunnen inhouden en zelf de stilte zou verbreken. Hij lachte om zijn woede; de juiste houding was natuurlijk dat hij ook nu boven de situatie moest staan. Hij zou afstandelijk zijn als altijd en superieur afwachten tot ze door de mand viel. Maar hij wachtte voor niets. Ze kwam nog een paar keer langs bij het klimgroepje en verhuisde binnen een jaar met Martin mee toen die zijn eerste baan in het buitenland kreeg. Hij zou haar nooit meer alleen zien.

De trein kwam zonder voelbare schok in beweging, begon te glijden. Iemand liep al wuivend een paar stappen op het perron mee. De mensen achter hem moesten hard lachen om een grap. Hij stelde zich een moment voor dat Martin helemaal niet bestond – dat ze zo dadelijk zouden aankomen bij het huis en dan zonder een woord over twintig jaar heen zouden stappen. Hij zag het voor zich, probeerde het vast te houden, realiseerde zich dat hij, zoals steeds de afgelopen week wanneer hij zich het huis van Lotte en Martin voorstelde, het gevoel had dat hij het al kende, er eerder was geweest – en opeens drong tot hem door dat het hun jeugdherberg op de Lofoten was, een week lang thuisbasis van de groep. Herinneringen, dacht hij, vermeerderden zichzelf – want hij liep weer de houten trap met loszittende leuning op, hoorde achter zorgvuldig dichtgetrokken gordijnen het onafgebroken geschreeuw van meeuwen en in de badkamer het gedrup van de douche. Hij probeerde het beeld van zich af te duwen en te vervangen maar het lukte niet goed; vrijwel onmiddellijk slopen oude details weer binnen en bleven voor elk nieuw tafereel rondzweven, als *mouches volantes* op zijn netvlies.

Hij sloeg een paar bladzijden om, zag Paul een eenzelvige frons trekken, alsof hij het artikel en alle argumenten nog eens grondig aan het herkauwen was. Het invallende zonlicht maakte een beetje roos op zijn schouder zichtbaar en accentueerde de paarsige wallen onder zijn ogen. Hij herinnerde zich dat Lotte ook over Paul eens iets onvriendelijks had opgemerkt: dat hij op het eerste gezicht bijzonder leek maar als je hem beter leerde kennen bleek hij juist erg gewoon, tót je hem nog beter leerde kennen – dan werd hij de raarste figuur die er bestond.

Twintig jaar geleden had hij het losgelaten, afgeduwd; het leven ging verder en kreeg nieuwe vormen. Hij was gestopt met klimmen, had er ineens genoeg van. Hij ontmoette nieuwe mensen, raakte met hen bevriend en weer van hen vervreemd, als takjes voortdrijvend op dezelfde stroom. Hij had relaties, een paar keer voor langere tijd; één keer met een ander meisje dat hij nog uit zijn klimmersperiode kende. Maar er ging zelden een dag voorbij waarop hij niet even aan Lotte dacht. Een van de eerste dingen die hij ontdekte was dat hij, waar een van de redenen Lotte af te wijzen een voorgevoel was geweest dat hij anders geen tijd voor zichzelf zou hebben (en op het moment zelf, op die berg, scheen zich ook daadwerkelijk een enorme ruimte te openen), vreemd genoeg in de periode daarna juist nergens meer toe kwam. Het leek of zijn intuïtie hem op het verkeerde been had gezet en dat het gewoon een karaktertrek in hem was die niets met Lotte te maken had, dat het inderdaad in hem zat van elke overzichtelijke situatie af te willen en zodra hij dat voor elkaar had opeens de goede kanten te zien die die toestand ook in zich droeg. Ook kreeg hij pas toen hij haar nooit meer zag gaandeweg de indruk haar echt, op een indringender en zelfs zintuiglijk niveau, te leren kennen. In Japan werden zijn herinneringen aan hun middelbareschooltijd verscherpt en zag hij bijvoorbeeld hoe bijzonder haar enthousiasme voor spontane plannen was – zoals toen ze hem tijdens een rustpauze op de heenreis naar Noorwegen meetrok om bij een viaduct in aanbouw fossielen en frambozen te gaan zoeken. Veel vaker dan hij zich aanvankelijk herinnerde had ze anderen en hem aangezet en op gang geholpen. Kleine dingen die hem hadden geërgerd (zoals dat ze niet kon luisteren; dat haar eigen ideeën vaak zo stonden te trappelen dat ze het woord nam en het niet meer teruggaf) of niet mooi aan haar had gevonden (haar geaderde en altijd rode handen), trokken hem nu in retrospectief bijna aan. Hij werd vatbaar voor een vreemde weekheid bij het zien van een foto uit zijn klimtijd waar zij ook op stond, of bij het horen van een lach – op de televisie terwijl hij iets anders aan het doen was – die op de hare leek. Op een congres waar hij een lezing gaf liep een vrouwelijke postdoc rond die vergelijkbaar onhandig gekleed ging en dat had hem kennelijk zo afwezig gemaakt dat iemand die hij nauwelijks kende een hand op zijn schouder legde en vroeg: 'Alles goed?' Die kleding van haar – maar het gold ook voor de smakeloze gerechten die ze maakte (ze was de erbarmelijkste kok die hij ooit had ontmoet) – hij had daar destijds de spot mee gedreven maar juist die onhandigheid, gevolg van haar eigenschap altijd alles te vlug te willen, bleek geëvolueerd tot iets dat in staat was hem te ontroeren. Eens, in een kantine naast een beslagen ruit waarop een grapjas een goedgelukte handtekening van Einstein had geschreven, herinnerde hij zich met een steek het moment waarop hij voor het eerst bewust haar naam had zien staan, in vergelijkbaar vloeiend schoolschrift, op een krijtbord in een rijtje met ook de zijne, en niet kon vermoeden dat die naam zou uitgroeien tot de onuitwisbaarste in zijn leven.

Hij werd nooit wrokkig, daarvoor overheerste te vaak zijn realiteitszin. Het scheen hem soms toe dat hij zich zelfs bevoorrecht kon voelen: wanneer je met iemand leefde, zo stelde hij zich dan voor, kon je niet goed zeggen wat de ander voor je betekende – daarvoor werd je te veel overspoeld met uiteenlopende en elkaar tegensprekende indrukken, emoties, spanningen. Pas bij afstand kristalliseerde uit wat je precies aantrok – dat gold voor alles in je leven. En als ik had toegegeven, redeneerde hij dan, en het was aangegaan, dan had ik mezelf verloren, en zij zou zichzelf hebben verloren, en we zouden allebei een oprecht leven hebben verruild voor een minder leven, zo'n leven waarin elk gevoel langzaam uitdooft en verandert in gewoonte. Hij was een keer zomaar op straat in de lach geschoten bij de gedachte dat hij haar nooit zonder kleren had gezien. Hij had er nooit over gesproken met anderen, met Paul bijvoorbeeld; niet alleen hing hij (zoals naar zijn idee de meeste mannen) de opvatting aan dat een emotie, eenmaal gedeeld, meteen minder waard werd en in het geheugen wegsmolt – hij had al eerder de ervaring opgedaan dat bij de meeste persoonlijke ontboezemingen de ander prompt met een vergelijkbaar maar net even interessanter verhaal op de proppen kwam. Al met al bleef er één ding waarop hij geen vat kreeg. Hoe meer tijd er verstreek, des te meer stolden zijn gedachten rondom de vraag waarom ze iets met Martin was begonnen. Het was ook dat geweest wat hij bij het mislukte telefoongesprek had willen weten. Zover hij zag waren er twee mogelijkheden, de een nog grotesker en absurder dan de ander. De eerste was dat Lotte hem had willen laten zien dat zij beter was dan hij, een beter mens met een standvastiger karakter, en dat zij zo'n uitspraak kon doen als *de eerste de beste* en dat-dan-ook-waarmaakte – omdat ze zich dat had voorgenomen. De tweede was, dat ze dronken was geworden (hij herinnerde zich de beslistheid waarmee ze bij het afscheid op de Lofoten de laatste flessen wijn had geconfisqueerd) en zich had laten gaan en het daarna te laf had gevonden om, *net als hij*, terug te krabbelen. Jarenlang had hij nu gezocht naar een derde, meer aannemelijke verklaring.

Iemand in het luidruchtige groepje achter hem begon in een andere taal te spreken – Welsh vermoedelijk, nooit eerder gehoord. Paul viel het ook op, gezien zijn blik van verstandhouding. Maar had Paul dat niet zelfs gestudeerd? Nee, Oudnoors – en een tijdje Grieks, als hij zich goed herinnerde, studies die je geen echt vak kon noemen, eerder hobby's, zoals Paul trouwens zelf als eerste toegaf. 'Of je vlinders of theekopjes verzamelt,' had hij eens toegelicht. 'Weet je, mijn probleem is dat ik zo veel studies zo mateloos interessant vind, dat ik gewoon niet kan kiezen.' En nog voor hij afstudeerde was Paul naar eigen zeggen de grootst denkbare ramp voor zijn persoonlijkheid overkomen: hij kreeg de beschikking over zijn trustfund.

Paul keek met een geconcentreerde blik naar buiten. Waarschijnlijk, dacht Vincent, geloofde hij er echt in – in het artikel, onsterfelijkheid; het ontging hem blijkbaar (maar het was niemand gegeven dat continu te beseffen) dat vlakbij, net buiten het zielig dunne laagje aarde en lucht waar we konden bestaan, zich altijd de oneindige dood bevond. Hij had dat scherp gevoeld daarstraks in de metro, juist door al die mensen bij elkaar, door de opgewektheid en onbezorgdheid van het reizen – of nee, misschien kwam het door die opmerking van Paul over de Kelten. Hij klapte zijn boek dicht.

'Ik kan één groot voordeel bedenken aan dat eeuwige leven van jou,' zei hij. 'Het wordt het eind van de religie – monotheïstische tenminste, want die hebben allemaal onsterfelijkheid als chantagemiddel. Ha, dan zul je de echte christenen leren kennen – als ze opeens moeten kiezen! Ze willen toch zo graag naar hun schepper? Dan ga je geen onsterfelijkheidspil slikken!' Paul lachte.

Ze kwamen aan in Swansea, de trein liep schoorvoetend het station binnen.

Maar wat als ik geen tweede kans krijg, dacht hij plotseling. Die kans was zelfs vrij groot – want waarom zou ze meewerken? Zij zou geen moeite doen hem alleen te spreken, misschien zelfs het omgekeerde.

'Zullen we maar?' hoorde hij Paul als van afstand zeggen.

Ze stonden op. Terwijl hij uit de trein stapte, voelde hij zich een moment duizelig.

Wat een blunder, ging het door hem heen terwijl hij over het perron liep. Hoe had ik iets anders kunnen denken. Een dorre smaak verspreidde zich achter in zijn mond, een doffe teleurstelling drong zijn aderen binnen. Op dat moment bleef Paul staan, hij hurkte neer om een losse veter te strikken.

Vincent aarzelde niet. Hij liep met grote vlugge passen door, de koffer achter zich aan sleurend.

4

Een onvermurwbaar stalen klaphekje blokkeerde de toegang tot een kleine stationshal. Hij bleef in al zijn ongeduld staan duwen en hannesen, tot een beambte zwijgend het ticket uit zijn hand nam en door een scanner trok. Met de koffer onder zijn arm geklemd repte hij zich verder, keek rond en verwachtte tussen alle onbekende gezichten in de hal dat van Lotte te zien oplichten. Pas in tweede instantie drong tot hem door dat daar achteraan, gekooid in een schuine kolom van neerdwarrelend zonlicht, iemand aarzelend zwaaide, naar hem, en dat hij het gezicht herkende dat bij die hand hoorde. Hij baande zich, een stuk rustiger ineens, een weg tussen de mensen door en ja, het was Martin, nauwelijks veranderd, iets steviger misschien maar dan eerder gespierder dan dikker, met naast hem zijn dochter – en op hetzelfde moment herkende hij het afgedragen windjack dat het meisje droeg en vergat zijn hart een paar slagen te slaan.

Hij stak zijn hand uit maar wist niets te zeggen. Hij had niet gerekend op de golf van montere betrokkenheid die van Martin uitging en die heel het beeld van iemand die hij in de loop der jaren steeds bespottelijker en onbeduidender was gaan vinden in één klap wegveegde. Tegelijkertijd, terwijl hij Martin aangaapte, wist hij dat Lotte nooit iets had gezegd.

'Dit is Fiona,' zei Martin. En vaderlijk, ironisch belerend: 'Fiona, deze meneer heet Vincent.'

'Dag oom Vincent,' zei het meisje kordaat. 'Onze bus heeft een schaap doodgereden!' Vincent knikte kortaf, stuurs, zag een verbaasde glimlach op Martins gezicht groeien, voelde zich rood worden en zei: 'Nou – dat is me wat. Maar hebben jullie de krant al gelezen vandaag?' Martin keek langs hem heen. 'Paul!' riep hij uit, zijn arm langs Vincent heen strekkend. 'Jij hebt het ook overleefd?'

Vincent zweeg tijdens de begroeting, deed een stap naar achteren – nog steeds een en al verbazing. Want hij had dus al die jaren gewoon bestaan: de Martin die je achternaliep met je pickel, die voor iedereen koffie zette en onzeker werd wanneer je doorvroeg over iets en dan aan zijn trui of een wenkbrauw plukte en gauw naar een ander onderwerp sprong; de Martin ook, herinnerde hij zich weer, die in zijn ogen oorspronkelijk was geweest – want terwijl de meeste studenten alleen maar meningen van anderen herhaalden waarmee ze een goed figuur dachten te kunnen slaan, had Martin juist altijd zijn zelfbedachte oneliners paraat en dat maakte dat je eerder geneigd was tot doorvragen – wat Martin dan weer zenuwachtig maakte.

Ze liepen naar de uitgang. Fiona begon ook tegenover Paul over het dode schaap en kwebbelde geanimeerd over een tante en over een héél erg lief klein hondje dat ze hadden gezien en ze keek daarbij nadrukkelijk afwachtend naar Martin, die een peinzend gezicht zette en vroeg: 'Tja, ik ben het helemaal vergeten – wat voor hondje was het ook weer?'

'Een tekkelpuppy!' riep ze uit, zo jubelend enthousiast dat ze allemaal in de lach schoten. Martin vroeg of ze eerst ergens even wilden zitten en iets drinken of eten.

'Niet per se,' zei Paul schouderophalend. 'Zeg jij maar wat de plannen zijn. Jij bent de gids.'

Ze liepen door een straat waar een scherp aroma hing van asfalt waarop de zon had staan schijnen. Martin zei dat Lotte vandaag met de auto weg moest maar later thuiskwam, en noemde het nummer van een bus die ze zo dadelijk konden nemen. Swansea, zei hij, was de enige plek ter wereld waar het busstation niet pal naast het treinstation lag, dus ze moesten even lopen. Terwijl Vincent met zijn koffer in de hand naast hem voortstapte en naar de neuzen van zijn schoenen keek en knikte op Martins uitleg, viel het over hem heen: dat het zo dus ging – dat, omdat je niet op je hoede was, juist gelukkige herinneringen in staat waren recht in je ziel te vallen en je ongelukkig te maken; en dat (zoals zonet bij het zien van dat oude jack) de pijn bij zo'n herinnering voortkwam uit een kortstondige terugkeer in de ongetemperde vreugde van die herinnering, een moment waarop alle mogelijkheden openlagen. Hij keek opzij naar Fiona en zag voor het eerst weer hoe Lotte, altijd als ze dat jack aandeed, gedachteloos nog even met duim en wijsvinger aan een mouw trok. Terwijl ze een drukke weg overstaken waarop onder elkaar in grote witte letters de woorden SLOW en ARAF waren geschilderd en hij opschrok van het verkeer dat zomaar aan de verkeerde kant reed, en zich vaag realiseerde dat hij Japan dus echt al kwijt was, bekroop hem de voorstelling dat zijn hele leven geladen zou blijven met haar aanwezigheid – lopen in de bergen, oudjaar vieren met een groepje, rondneuzen op een boekenmarkt.

Bij het busstation draaide Martin zijn pols en zei: 'Nog vijf minuten, als het goed is.' Daarop richtte hij zich tot Vincent en vroeg op zijn typische allesverifiërende toon: 'Wat zei je nou net – wat staat er in de krant?'

Paul begon te lachen. Hij haalde de Engelse krant te voorschijn, gaf hem aan Martin en vatte, terwijl hij het artikel aanwees, de inhoud samen.

'Interessant,' zei Martin al lezend. 'Ik heb zoiets al eerder gehoord. We zullen zien. Mocht het gebeuren dan heb je wel een paar problemen.' Vincent zag hoe Paul knikte, blij dat er meteen serieus naar zijn wortel werd gehapt. Dit was ook weer helemaal Martin – als je niet wist dat hij katholiek was zou je hem zo voor een ouderling aanzien. Vincent keek om zich heen. Swansea ademde een kalme, gezapige atmosfeer. Sjofele zandstenen huizen in de zon, namiddagverkeer met opengedraaide portierramen en geluid van radio's. Er ging ook iets rustgevends uit van de wetenschap dat de spoorlijn hier niet verder ging.

'Stel dat het zo gaat,' zei Martin betrokken, 'dan krijg je toch een rare toestand.' Hij vouwde het krantje dicht en gaf het aan Paul terug. Want, zei hij, het was onvermijdelijk dat niet iedereéén meteen onsterfelijk was, het zou in het begin alleen voor mensen in rijke landen weggelegd zijn. Ontstond er dan geen ontzettende haat in de derde wereld? Die was er natuurlijk al maar die werd dan duizend keer groter. 'Je kunt nu nog zeggen,' zei hij, 'dat de miljonair in Amerika hetzelfde lot wacht als de bedelaar in Afrika: ze gaan allebei dood. Dat is een gerechtigheid waarvan troost kan uitgaan – de dood als grote verzoener die alles gelijkschakelt. Maar als ook dat wegvalt?' Paul knikte, wierp tegen dat mensen in arme landen nu ook een levensverwachting hadden die de helft was van de onze – maar gaf toe dat er iets in zat; je kon je inderdaad afvragen of sterfelijken het zouden verdragen onder jouw onsterfelijke blik te leven. En zouden ze hun eigen bestaan niet ook opeens als ondraaglijk vluchtig en futiel gaan ervaren?

'Fiona –' zei Martin, 'wat heb ik nou gezegd? Geef maar aan papa.' Vincent zag dat Fiona een bellenblaasbusje omgekeerd boven een bijbehorend stokje-met-oog hield, zodat er een paar druppels zeepsop uitliepen. Een bus kwam aangereden en stopte. De deur ging sissend open. Tot Vincents verbazing pakte Fiona zijn hand bij het instappen.

'Misschien,' droeg Vincent bij toen ze met hun vieren op twee tegenover elkaar geplaatste banken gingen zitten, 'zijn er al onsterfelijken, maar houden ze het geheim. Zou ik tenminste doen.' Martin glimlachte instemmend, stopte het bellenblaasgerei in zijn jaszak. Fiona keek boos voor zich uit.

'Ja, dat is een goed idee,' zei Martin terwijl hij zijn vingers aan zijn broekspijpen afwreef. 'Laat oom Vincent en oom Paul maar eens zien wat een mooi snaveltje je hebt.' Vincent trok zijn wenkbrauwen op, het meisje keek weg.

'Natuurlijk –' zei Paul op een toon die het gesprek in het spoor terugduwde. 'Er zitten haken en ogen aan. Zei ik ook tegen Vincent. Het zal bijvoorbeeld moeilijk te verteren zijn als je bij de laatste generatie hoort die doodgaat. Of andersom – hoe kun je afscheid nemen van je ouders of van een zieke geliefde als je zelf niet gaat?'

'Dan houdt de evolutie dus ook op,' zei Martin. 'Ik bedoel – de natuur zit hier niet op te wachten.'

'Dat is maar de vraag,' zei Paul. 'Ik denk sowieso niet dat de natuur ergens op wacht maar al zou dat zo zijn – misschien gaat de evolutie gewoon door; mensen die ongezond eten of roken zullen waarschijnlijk nog steeds doodgaan, dus cynisch gesteld zullen alleen mensen met een sterk karakter overleven.'

'Zoals jij,' zei Vincent.

'En mensen die geen oorlog maken, of al te riskant leven,' zei Paul.

'Exit bergsport,' lachte Vincent. 'Ik betwijfel trouwens of vredelievende mensen de soort verder helpen. Cynisch gesteld dan hè.' Hij keek naar buiten. Hij kreeg de gewaarwording dat Paul het gesprek voortsleurde zoals ze zelf door de bus werden meegevoerd. Links, aan de zeekant, werd een grote baai zichtbaar die tot honderden meters ver van de wal droog lag. De bebouwing rechts werd schaarser, gaf ruimte aan grote, ordelijke parken. 'Daar werk ik,' zei Martin, knikkend naar enkele losstaande loofbomen waarachter massieve flats, typische universiteitsgebouwen, oprezen. 'Jullie krijgen natuurlijk nog een rondleiding.' Wat verder drongen hellingen dichter naar de kustlijn. Niemand, dacht Vincent, vroeg of zei iets over Lotte – maar hij zou zelf de laatste zijn om daar verandering in te brengen. Hij keek naar Martin, die zich een gewilliger gesprekspartner betoonde dan hijzelf de hele dag was geweest. Hij kon toch niet anders dan sympathie voor hem voelen, precies zoals hij die vroeger had gevoeld. En wat ging hij vanzelfsprekend met zijn dochter om – dat was iets waarvan hij vooraf geen enkele voorstelling had gehad. Terwijl hij bleef kijken, realiseerde hij zich dat het in al die jaren nooit bij hem was opgekomen dat Lotte misschien weerzinwekkend gelukkig was. Nu betoogde Paul dat je het ook kon zien als een zandloper – het leven als zandloper, met een ruisend stroompje waarin voortaan kiezels werden gestopt. Martin zei dat de dood de ingrijpendste, grootste ervaring van alle was, en wat richtte je aan als je die uit het leven haalde? Een sneer over religie lag voor de hand. Je kon je afvragen, zei Paul, of het besef van de dood je de waarde van het leven liet voelen of, omgekeerd, dat juist vanaf het begin al verpestte – hij was geneigd tot het laatste. Maar als het leven oneindig werd, hield Martin vol, zou het dan niet zijn lijn, zijn oeroude en misschien noodzakelijke structuur kwijtraken en alleen nog een opeenvolging van losse gebeurtenissen zijn? Vincent zag aan Pauls geamuseerde blik dat ook die zich iets herinnerde en zich inhield; Paul knikte, wierp tegen dat structuur een relatief begrip was – waren er vroeger geen beschavingen die dachten dat elke ochtend de zon opnieuw werd geboren? Zo kon je elke dag wel als een nieuw leven ervaren.

Vincent keek naar Fiona. Ze leek op Lotte – maar alleen als je het wist. Iets in haar gezicht deed aan Lotte denken, en de manier waarop ze nu koppig naar buiten bleef kijken en niets zei had ze ook van geen vreemde. Maar als ze gewoon een kind op straat was geweest, dacht hij, zou ik Lotte niet in haar herkend hebben. En Martin ook niet. Het was maar de vraag, hoorde hij Martin inbrengen, of men in een ontwikkelde samenleving echt zo bang was voor de dood; je kreeg toch eerder het idee dat we bang waren voor het verlies aan aantrekkelijkheid, of gebrek aan liefde. Hij is misschien toch zelfverzekerder geworden, dacht Vincent. Martin lachte, een reep helderroze tandvlees werd zichtbaar. Opeens herinnerde Vincent zich dat Lotte het eens over 'Martins apelach' had gehad en dat ze daar samen om hadden gegrinnikt. Nee, dacht hij met een stellig gevoel – onmogelijk dat ze helemaal gelukkig is.

De bus reed alweer een tijdje stapvoets. Ze kwamen door een toeristisch havenplaatsje – hij zag een ouderwetse ijzeren pier die ver de zee in liep, een rij synchroon in de wind golvende groen-wit-rode vlaggen met draak, een pub genaamd *Duke of Wellington* met een geschilderd portret op de voorgevel waarbij de held was voorzien van appelrode konen en een drankneus. Aan de kade, minstens vijf meter onder het niveau van de boulevard, lagen houten zeilboten en sloepen schots en scheef in de drooggevallen modder. Over alles lag een mollige, nevelig blauwe tint.

'*Bowls*,' zei Fiona opeens. Ze keken met haar mee, zagen een groepje mannen in een klein park.

'Mmm not quite,' verbeterde Martin vriendelijk. 'Lijkt toch meer op gewoon jeu de boules. Maar hoe ze dát hier noemen weet ik niet.' Het uitheemse van het tafereel werd nog versterkt door de bomen die in de terrasgewijs opstijgende tuinen stonden – dwergpalmen, een soort grote yucca's; in elk geval onmiskenbaar zuidelijk. De bus draaide naar rechts, van de kade af, en klom door een drukke winkelstraat tegen een heuvel op. Vincent zag een koperen kerkklok waarop het kwart over zes was, en een grote kasteelruïne, en toen reden ze over een holle weg met hagen aan weerszijden het plaatsje uit, het achterliggende platteland op dat zich als een hoogvlakte uitstrekte. Hij keek naar Martin, die stug volhield tegen Paul – maar hoe ging dat, zei hij, als je iemand moest missen voor de rest van je onsterfelijke leven; en hoe deed je dat met alles wat je waardevol vond aan mensen die je kende en had gekend. Nu kon je je daar nog veel van herinneren maar verdween gaandeweg niet alles, vergat je op den duur niet alles als je duizenden jaren leefde? Je kon wel een dagboek bijhouden waarin je –

'Dat dagboek wordt ook weer zo dik dat je het nooit meer allemaal kunt lezen,' sprong Vincent bij. 'Goed punt Martin. Wat is dat voor leven, als je je de helft niet meer herinnert?' En als je zo lang leefde, vervolgde hij, kwam er dan niet een moment waarop elk nieuw mens die je leerde kennen je deed denken aan iemand van vroeger en werd je daar dan niet verschrikkelijk melancholisch van? 'Nee Paul,' zei hij meewarig. 'Te veel haken en ogen.'

Martin strekte zijn arm en drukte op de stopknop. Vincent zag dat Fiona zich van het raam wegdraaide en verrast naar haar vader keek.

Toen ze waren uitgestapt en in een smalle berm langs de weg stonden, zei Martin met zijn handen op elkaar: 'We zijn er nog niet – het is nog een eindje. Maar het leek me een goed idee om met dit schitterende weer het laatste stuk te lopen. Mee eens?'

'Weinig keus hè?' zei Vincent. 'De bus is al weg.' Hij dwong zich tot een glimlach. 'Hoe ver is het?' Hij tilde zijn koffer op. 'Of had je daar niet aan gedacht?'

'Niet zo ver,' zei Martin optimistisch. 'Maar als hij te zwaar wordt draag ik hem wel een tijdje – en,' zei hij terwijl hij zijn eigen tas omhooghield, 'ik heb eten en drinken. Flesjes water, en als jullie honger hebben – ik heb ook broodjes. We eten natuurlijk straks thuis ook nog.'

'Nou,' zei Paul, 'ik vind het een prachtig idee.' Hij pakte zijn rugtas op, stak zijn armen door de riemen, schoof de mouwen van zijn trui omhoog. 'We hebben uren gezeten, ik kan wel wat beweging gebruiken.' Hij begon meteen te lopen, zei over zijn schouder naar Vincent: 'Wat jij straks zei over chantage van religie...' 'Ja?' zei Vincent terwijl hij zich naar zijn koffer bukte. Nou, zei Paul, de kern van die chantage leek hem niet alleen de hemel maar ook de belofte mensen die je was kwijtgeraakt weer terug te zien.

'Je hebt helemaal gelijk,' zei Vincent.

5

Ze liepen tot aan de volgende bocht verder langs de weg. De discussie zette zich voort maar bracht geen nieuwe argumenten. Er was weinig verkeer. Het geurde overal zoetig naar bijna uitgebloeid fluitekruid. Ze kwamen nog terug op de reis; Vincent bracht iets in over de belachelijk goedkope vormgeving van de *Eurostar* – dat na de bouw van de tunnel zeker het geld op was – en dat het toch echt vreemd was dat op doorsnee Britse perrons geen klokken hingen zoals in de rest van Europa. Op Martins aanwijzing werd bij een dikke rode brievenbus afgeslagen en ze volgden een verweerd, brokkelig pad, dat aan de rechterkant werd afgezoomd door een droge greppel voor een door klimop bijeengehouden bakstenen muur als van een landgoed of boomgaard. Links bevond zich een rommelig bos vol laaggebleven, door het zeeklimaat gebochelde en gerimpelde eiken, essen en berken. Fiona, die haar humeur had teruggevonden, wilde hand in hand met Paul voorop lopen. Gouden bundels hingen zwaar over het pad dat meer en meer bedekt raakte met losse takjes, stenen en wortels. Hier en daar lagen op open plekken plassen fel zonlicht, Vincent zag dat Fiona eroverheen probeerde te stappen en dacht aan zichzelf als kind, aan de onbezweerbare dwang (op straffe van bliksem, kogel) niet op lichte of donkere stoeptegels te gaan staan. Hij schoof de binnenkant van zijn voet door dorre bladeren die er nog van de vorige herfst en herfsten daarvoor moesten liggen en zag Lotte, vijftien of zestien jaar oud, na schooltijd naast hem door een beukenlaan naar haar ouderlijk huis lopen; precies zo, bladeren scheppend met elke stap, alle tijd van de wereld.

'Hoor je?' zei Paul. Hij bleef staan, vinger in de lucht. Fiona liet zijn andere hand niet los.

'Hoor ik wat,' zei Martin.

'Precies. Geen verkeer, geen snelweg.'

'Onze boswachter,' zei Vincent.

Maar het klopte. Terwijl hij zijn koffer neerzette en een schoen uittrok en luisterde, drong behalve de schichtige inspectie van de greppelbodem door een merelmannetje alleen een ijl gefluister van de boomtoppen door. Hij draaide de schoen om, zag een puntig steentje vallen, bleef naar de grond staren, kreeg de indruk dat die willekeurige lichtspatten op de bosbodem ook afdrukken waren maar dan minder vluchtig dan de zijne. Hij deed de schoen aan en volgde de anderen zonder haast. Nog voor ze het bos verlieten werd de zee hoorbaar. Bij het eind van het pad pakten Martin en Paul Fiona elk onder een arm en tilden haar met een zwaai over een wildrooster; ze gilde van plezier. Ze kwamen op glooiend, oplopend terrein. Het gebeuk van golven drong steeds nadrukkelijker door maar de oceaan was niet te zien. Het pad bleef omhoog lopen, veranderde in een keurig onderhouden schelpenlaantje. Een sterke aardgeur van nat, versgeschoren gazon overstemde kortstondig de zeelucht; ze passeerden een uitloper van een golfcourse waar sproeiers al grote regenboogkleurige vlaggen rondtrokken. Tweehonderd meter verder kwamen ze boven op de dertig, veertig meter hoge klif en keken ze uit tot aan de kromming van de aarde.

'Wauw,' zei Paul met zijn handen in zijn zij. Hij ging zonder zijn rugtas los te maken op een platte steen op het randje zitten, liet zijn benen bungelen, hield een hand voor het lage zonlicht om in de verte te kunnen kijken. Ja, ze hadden geluk, zei Martin, die nu Fiona bij een hand hield. Dit moest wel de mooiste dag van het jaar zijn. Het was hier nog veranderlijker dan in Nederland, men zei dat je op één dag alle seizoenen voorbij kon zien schieten. Hij had trouwens toch al het idee dat hier de tijd vlugger voorbijging; maar dat kon komen doordat hij een kind had.

'Wie weet!' zei Paul luchtig.

Vincent draaide zich om naar een in beton verankerde parkbank en zette zijn koffer erop. Aan de bovenste dwarsplank van de rugleuning was een messing plaquette bevestigd met de tekst: *In memory of Bob and Biddy Ferret, who used to sit here.* Hij ging met lichte schroom naast de koffer zitten, leunde naar voren met zijn ellebogen op zijn knieën, trok zonder wezenlijke bedoeling een paardebloem uit een polletje dat naast zijn rechtervoet groeide. Paul mocht overal schoonheid zien, dacht hij met een vreemde, plotselinge geïrriteerdheid, maar hij zag dat omdat hij was zoals hij was. Natuur, de wereld, kende geen schoonheid; die werd er door mensen als Paul ingelegd maar het was allemaal een flauwe leugen en vooral ook tragisch – zo'n hardnekkig verlangen schoonheid en zin in de dingen te zien. Gold ook voor het onsterfelijkheidsidee; waar Paul zich elk moment aan het leven vastklampte en in het vluchtige eeuwigheid zag, overviel hem – zeker op zo'n dag als vandaag, op reis, al die andere levens waar je langsflitste en nooit deel aan zou kunnen nemen – eerder een gevoel van wanhoop dan euforie. Kijk, daar lag de oceaan; prachtig – en totaal onverschillig. En die onverschillige oceaan werd op zijn beurt tot het eind der tijden beschenen door de al even onverschillig starende blik van de zon. Misschien, ging het door hem heen, was dat het voornaamste verschil met twintig jaar geleden: dat je dat toen niet zag, hooguit soms aanvoelde zoals die keer in Noorwegen – en het nog niet kon benoemen. Hij legde zijn arm gestrekt over de rugleuning, keek opzij, zag dat verspreid langs de rand van de klif meer parkbanken stonden; sommige in groepjes en zo te zien allemaal met vergelijkbare plaquettes. Het deed aan grafstenen denken.

'Alles goed?' zei Martin. Hij stond in tegenlicht, flesje water in zijn hand. De zon, precies achter zijn hoofd, maakte van zijn blonde haar een nimbus. 'Zal ik die koffer een tijdje nemen?'

'Nee,' zei Vincent. 'Maar buitengewoon vriendelijk van je.'

'Oké –' Martin draaide zich om. 'Gaan we verder? We moeten daarginds naar beneden.'

Vincent keek naar zijn handen, zag dat hij de paardebloem uit elkaar had gepeld alsof het zijn eigen overwegingen waren, herinnerde zich relativerend dat de oceaan in de Egyptische, nee Griekse mythologie werd gezien als een wezen dat met zijn tentakels van water de hele wereld omvatte. Hij stond op, trok zijn jasje uit, controleerde of zijn paspoort en portefeuille er nog in zaten, vouwde het zorgvuldig op en legde het in zijn koffer, boven op de andere spullen. Een wandelaar met rubberlaarzen en een stok kwam hem tegemoetgelopen; hij groette met een knik, de man groette terug, niet met een knik maar door zijn hoofd met een rukje schuin opzij te trekken als in een ontkennend gebaar – precies zoals hij daarstraks in de bus iemand tegen de chauffeur had zien doen. Nadat de man was gepasseerd probeerde hij de beweging te imiteren en ontdekte dat dat nog niet zo eenvoudig was.

Het pad omlaag, meer een konijnespoor, liep steil af door een spleet tussen twee gladde rotsmassa's als grote stenen kussens. Zodra hij ergens zijn voet neerzette kwam het fijne zand in beweging. Hij hield de koffer tegen zijn borst gedrukt, liet zich de laatste tien meter min of meer naar voren vallen en schoot met topzware, logge hinkstapsprongen naar beneden. Hij haalde de anderen in. Ze bevonden zich nu in een kleine baai met een vlak, halvemaanvormig zandstrand en rondom steile, aaneengesloten kliffen. Geen mens te zien. Terwijl ze verder richting water liepen, vroeg Vincent: 'Fiona, kun je dit?' Hij deed de groet van de man na, het lukte niet goed maar Fiona begreep het, want ze bewees meteen dat ze er niet de minste moeite mee had.

'Hé,' zei Paul terwijl hij krampachtig zijn hoofd bewoog. 'Kan het ook niet.' Ze lachten. Fiona deed opnieuw voor hoe het moest. En nog eens.

'Kijk maar uit,' zei Martin tegen haar, 'zo dadelijk valt je hoofd eraf.'

'Groeten ze in Ierland niet ook zo?' zei Paul. 'Zeker een Keltische vrijmetselaarsgroet.'

'Toch raar,' zei Vincent. 'Je zou denken dat zo'n basishandeling doodeenvoudig is.'

'Je bent te oud,' zei Paul.

'Jij ook,' zei Vincent.

De zee was rustig. De branding sleepte dromerig schuimvlokken af en aan; waar een golf verder greep dan de vorige veranderde het in ijle strepen verstuivende zand meteen in cappuccinokleurige modder. Ze liepen verder, westwaarts, volgden de waterlijn waarlangs hier en daar een ranke steltloper met stommefilmachtige vlugheid heen en weer rende, naar een volgende verlaten baai en een vrijwel identiek strandje, waar het zand echter lichter van kleur, bijna wit was, en vervolgens naar weer zo'n baai, met weer een ander soort zand en verspreide losse stenen en platte, halfverzonken rotsformaties. Op een hard en vlak stuk strand zette Vincent zijn koffer neer en sleepte hem zo goed als het ging op de wieltjes achter zich aan. Paul zei dat de kust zo haast een gordijn leek – die steile kliffen en keurig halfronde strandjes; een gordijn van steen. Martin merkte op dat hij hier zelden iemand tegenkwam en dat was raar want Swansea was toch om de hoek. Misschien, zei Paul vrolijk, waren de mensen hier als die ene jongen in Noorwegen. 'Weten jullie nog,' zei hij, 'dat knulletje in dat AC/DC-shirt; Norway is beautiful –'

'For the tourists,' viel Martin bij.

'Ik had graag willen ruilen,' zei Paul. 'Ik zijn fantastische uitzicht over heel Ålesund, hij het mijne op de achterkant van slagerij Joosten. Ja, dat was een erg goede ruil geweest.' Martin en Vincent lachten.

Fiona liet zich theatraal vallen. 'Ik ben moe,' zei ze half liggend, zich met een arm omhoog houdend. 'En het is zo wárm.'

'Moe?' zei Martin. 'Maar je hebt vandaag nog niks hoeven doen. Volgens mij krijgt iemand hier een beetje te weinig aandacht.' Vincent zag hoe Fiona in het zand graaide en met een verongelijkt kleinemeisjesgebaar een handvol in Martins richting gooide. Paul vroeg hoe ver ze nog moesten.

'Anderhalve kilometer – hooguit,' zei Martin schouderophalend naar Vincent.

'Laten we dan pauzeren,' zei Paul, terwijl hij zijn tas van zijn rug schudde. 'Weet je, de hele dag in benauwde en klamme treinen – eigenlijk kan ik me nu niks heerlijkers voorstellen dan deze kleren uit en een bad!' Hij voegde de daad bij het woord, trok zijn trui over zijn hoofd en begon zijn broek los te maken. 'Ben toch zeker niet de enige?' zei hij om zich heen kijkend.

'Volgens mij is het water nog veel te koud,' zei Martin terwijl hij zich bukte en het windjack opraapte dat Fiona had uitgetrokken. 'Het is erg vroeg in het seizoen.'

Paul kleedde zich verder uit tot hij alleen een boxershort droeg, legde alles op zijn rugtas, gooide daar in een nonchalant gebaar zijn horloge bovenop en zei: 'Ik heb nog nooit van mijn leven in een oceaan gezwommen. Maar nu gaat het gebeuren!' Hij draaide zich om, Vincent zag dat hij inhield – het water trok zich terug, ontblootte een strook zand als de huid van een dolfijn waarover een iriserend vlies getrokken was – en toen met een vermetel 'Waaah!' als strijdkreet en zijn witte spillebenen wiekend door de branding de zee inrende, meer dan ooit een jongetje. 'Kom ook Vincent! Het is heerlijk!' riep hij nadat hij dertig, veertig meter had gezwommen en zich op zijn rug draaide.

Vincent ontwaarde nog net Pauls gezicht in de deining. 'Nee dank je!' antwoordde hij, terwijl hij zijn koffer bij Pauls spullen in het zand zette.

'Martin?!' riep Paul.

'Kan niet!' lachte Martin. 'Ik moet bij Fiona blijven!' Terwijl hij bleef kijken zei hij tegen Vincent: 'Kan hij eigenlijk goed zwemmen?'

Vincent haalde zijn schouders op. 'We zullen zien. Je hebt trouwens kans dat het inderdaad steenkoud is maar dat hij zich niet wil laten kennen.' 'Zodat wij ook gaan.' 'Ja,' lachte Vincent. 'Misschien moeten we doen of we twijfelen.'

Fiona was weer opgestaan. 'Mag ik ook papa?'

'Nee vosje,' zei Martin. 'Veel te koud.'

'Maar ik wil ook wat doen,' zei ze.

'Nou,' zei Martin. 'Wat wil je doen dan?'

Ze keek naar de grond voor haar voeten. 'Zwemmen,' zei ze voorzichtig.

'Schatje, het lijkt wel warm maar het water is echt veel te koud voor je. Kom maar, kom dan kun je zien hoe koud oom Paul het heeft.' Hij pakte haar hand, tilde haar op en zette haar op zijn schouders. 'Oef, wat ben je zwaar!' zei hij bewonderend. 'Je wordt veel te groot voor papa. En, zie je oom Paul?'

'Hm-mm.'

'Ik kan een piratenverhaal vertellen,' zei Vincent spontaan. Hij voelde zich op hetzelfde moment verlegen over zijn voorstel. 'Nou ja,' zei hij toen Fiona en Martin hem aankeken, 'in de trein las ik dat hier in de buurt piraten hebben gezeten.' Hij keek op naar Fiona en voegde met waarschuwende ernst toe: 'Misschien wel hier, in deze baai.'

'Piraten zijn stom,' zei Fiona onaangedaan.

'Tsja,' zei Martin. 'Piraten vindt ze stom. Ze vindt trouwens bijna alles stom dus trek het je niet aan. Het enige dat mevrouw momenteel interesseert is trouwen.'

'Trouwen?' lachte Vincent. 'Zo – en weet je al met wie?'

'Ja,' viel Martin bij terwijl hij Fiona steviger bij haar benen vastpakte. 'Hoe zit dat, weet je dat al?'

Fiona knikte langzaam maar vastbesloten. 'Met – een *officer*.'

Ze lachten. 'Een officer,' zei Martin. 'Toe maar. Waarom dan?'

'Die hebben zo'n mooi... uniform,' zei Fiona blozend, met ook uniform op z'n Engels uitgesproken.

'Groot gelijk,' zei Vincent. 'Er gaat niets boven een mooi uniform.'

'En nu,' zei Martin terwijl hij Fiona boven zijn hoofd pakte, 'ga ik je weer op de grond zetten. God je wordt echt groot.' Hij zette haar neer. 'Je hebt geen idee hoe snel dat gaat,' zei hij tegen Vincent. 'Moet je maar eens vergelijken' – hij tastte in een binnenzak; Vincent bedacht neutraal dat Martin inderdaad niet het soort man was zonder foto van zijn dochter in zijn portefeuille – 'kijk, dit is nog maar een jaar geleden.'

Vincent zag eerst niets door de gloeiende weerschijn van het fotopapier, boog zich voorover tot de schaduw van zijn hoofd in eclips over de afbeelding viel.

'En wie –' zei hij. Maar hij maakte zijn zin niet af. Hij bleef naar de foto staren. Achter hem riep Paul uit het water dat ze watjes waren. Vincent zag als verdoofd hoe Martin de foto terugstak in de portefeuille en de portefeuille in zijn binnenzak en daarna Fiona een nieuw voorstel deed: kreeftjes zoeken, dat had een buurmeisje toch ook met haar klas gedaan? Misschien zaten ze wel daar, bij die rotsen – of vond ze kreeftjes ook stom? Haar gezicht klaarde helemaal op, ze pakte Martins hand en trok hem mee naar verderop, richting de volgende plooi in het landschap.

6

Hij keek Martin en Fiona na, aarzelde of hij zou meelopen, keek opzij naar Paul, die verder was weggezwommen. Hij stroopte de mouwen van zijn hemd op en slenterde over het zand terug naar de plek waar de klif die deze baai van de vorige scheidde als een titanische ploeg vrijwel in zee stak. Hij stapte op een licht oplopend, rechthoekig stuk gesteente als een grote van de hoofdmassa gespleten en omgevallen schots. Het duifgrijze oppervlak was bespat met tientallen ondiepe poeltjes als losse vlakjes hemel verdwaald op aarde. Hij bleef staan, keek nog steeds met een wezenloos gevoel voor zich uit. Het leek of alles in hem tintelde, of zijn lichaam gevuld was met de pijn van een slapende arm die je opeens optilt. Het beeld van de spiegelende poeltjes – misschien ook de plotselinge vreugde van Fiona – zette hem een verweerde, stokoude herinnering voor: hoe hij een middag lang helemaal alleen op een bouwterrein speelde, een plek waar een nieuwe wijk werd gebouwd; aarde was er opgeworpen in metershoge, afgeplatte bergen die alweer begroeid raakten met onkruid en overal staarden roerloze oogblauwe plassen regenwater en hij begon, door met de hak van zijn rubberlaars kanaaltjes te trekken, de plassen met elkaar te verbinden, waarop het water in beweging kwam; het sleet zich een weg, lagere plassen raakten vol en overstroomden ook weer, kwamen bijeen in grotere, zanderig schuimende beekjes en het stroomde en borrelde en meanderde overal, zodat het leek of het water een levend wezen was en niet zomaar een levend wezen maar één dat hij had gemaakt. En de hele middag was hij God zelf geweest op die zandhoop en had hij het water laten leven waar hij wilde.

Hij ademde diep in maar er kwam geen verlichting. Hij keek over de losliggende plaat. Bukte zich, raapte links en rechts wat platte stenen op en hield ze met zijn linkerhand tegen zich aan gedrukt. Toen hij langer in een van de poeltjes tuurde, werden tussen beweeglijke lichtrimpels op de bodem minuscule visjes en parelroze schelpen zichtbaar. En een transparant kreeftje. Hij liep naar de rand van de plaat, die ver in zee stak, tot voorbij de branding, en een luwte creëerde waarin het wateroppervlak wonderlijk glad en stil bleef. Hij keek omlaag, anderhalve meter onder hem likten kleine golfjes aan glibberige wierplakkaten. Met een losse zwiep vanuit zijn rechterpols gooide hij een steen – die niet opsprong maar meteen met een dof plofgeluidje verdween. Hij lachte om zichzelf, zijn krukkigheid. Misschien sta ik ook te hoog, dacht hij. Maar des te groter de uitdaging. Hij gooide nogmaals, en verder van zich af; de steen stuiterde twee keer, of drie – het was door de fonkelende weerkaatsing van de zon op het wateroppervlak niet goed te zien. Hij hoorde Paul weer roepen maar verstond er niets van. Hij woog een volgende steen in zijn hand, staarde in de verblindende lichtvlek. Hij voelde opeens een sterk verlangen dat tegengesteld was aan dat van Paul (maar Paul zou misschien zeggen dat het juist hetzelfde was): de wens er niet meer te zijn, zijn naam te verliezen, niet te hangen aan wat uiteindelijk het wezen van 'ik' uitmaakte en wat ergens zo futiel scheen – een samenstel van particuliere herinneringen en gedachten, geperst in een particulier lichaam. Ja, dacht hij – daarvan bevrijd te zijn, anoniem te worden, alle moleculen hun gang te laten gaan, zich te laten verspreiden, zich over te laten geven en tot in eeuwigheid de krachten van de natuur in zich te voelen ritselen zoals nu alles rondom hem ritselde op elke aanspoelende golf, die bestond uit druppels die ook weer allemaal ritselden. Wat een bevrijding, wat een gelukzalige voorstelling. Hij smeet de steen. Een moment sidderde en brak de weerschijn. Tak, tak, flof.

O god, dacht hij terwijl een gewaarwording van totale machteloosheid door hem heen sloeg. Hij voelde zich een moment slap en half lacherig worden. 'God!' zei hij plotseling hardop, het woord krachtig uitstotend, zijn blik op de schittering voor hem. Want hij had haar niet herkend – hij had haar eerst niet herkend naast Fiona op de foto. In tegenstelling tot Paul en Martin en hemzelf was ze in die twintig jaar veranderd, was ze gewoon ouder geworden, haast onherkenbaar. En al die tijd lang, al die jaren, had hem dus een beeld voor ogen gezweefd zo achterhaald als dat van een ster die aan de hemel zichtbaar was maar in het universum allang niet meer bestond. 'O god,' zei hij nog eens. Wat een sukkel was hij, wat een treurige, lachwekkende figuur! Er viel niks goed te maken, het was ook nooit goed te maken geweest, de Lotte van vroeger bestond niet en zou nooit meer bestaan, alles wat hij had vastgehouden had alleen in hem doorgeleefd en hield geen verband met de werkelijkheid en hoe had hij iets anders kunnen denken, hoe had hij zo stom kunnen zijn? Hij zag uit zijn ooghoeken een aspergeachtige gestalte uit de zeespiegel oprijzen. Paul waadde terug naar het strand, sloeg en spetterde luidruchtig met beide handen water om zich heen en kreeg in zijn opgetogenheid alles van een zich uitschuddende hond, hij zwaaide naar Fiona en Martin en riep iets met een rare verbogen stem – dat het 'echt reuze verkwikkend!' was. En nu, ging het door Vincent heen, wat zou een weerzien teweegbrengen – misschien was ze ook qua karakter een totaal ander mens geworden en dan? Misschien zou alleen al haar zien en haar horen spreken alles vernieuwen, het oude aantasten en uitwissen; niet alleen smartelijke maar ook de dierbaarste herinneringen. Een onnozele overeenkomst drong zich op – met een deeltje Karl May dat hij als kind had verslonden maar een paar jaar geleden met groeiende weerzin, ontgoocheling en uiteindelijk vooral spijt had herlezen. Hij zag dat Paul zich over zijn rugzak bukte, het T-shirt pakte en zich daarmee begon af te drogen, daarna schudde hij zijn horloge om zijn pols.

Hij draaide zich weer naar het water, woog een steen in zijn hand. Dat gezicht op de foto – het was ouder geworden; het was magerder, had iets schraals, vooral om de mond. Alleen door de ogen had hij haar herkend. Want in die blik, die recht in Martins camera had gekeken, lag nog altijd wat hem eens op school had geïntrigeerd – impulsiviteit en onmodieusheid. Maar het was veranderd, ze had geleefd, de afgelopen twintig jaar waren waardevol voor haar geweest. En hij had daar, uit volkomen vrije wil, niets van meegemaakt. Ze heeft het laten afsterven, dacht hij opeens. Want dat was wat hij ook in dat gezicht zag: ze had hem iets ongelooflijks willen geven en er daarna nooit meer iets mee gedaan. Ze had na die scène op de berg haar onbevangenheid en haar energie opgeraapt en ergens anders op gericht en was volwassen geworden, een groter mens geworden. Hij had het dus goed gezien, destijds; ze was oersterk, daarin had hij gelijk gekregen – hooguit op een andere manier dan hij had verwacht. En in het kielzog van die gedachte werd het beeld voor hem langs getrokken van Lotte op de berg, toen ze voor een enkel moment haar façade leek af te leggen en hij iets begon te ontwaren, iets waarin haar twee kanten samenvielen en stel, dacht hij, dat ik ja had gezegd, dan zou dat elke dag van de afgelopen twintig jaar in mijn leven zijn geweest. Hij greep dieper in zijn geheugen, tastte naar het moment van de kus – nee, een ander moment, een gebeurtenis kort daarvoor, de avond daarvoor, aan tafel op het zonnige terras van een jeugdherberg met een immens uitzicht over een fjord. Hun blik van verstandhouding toen ze om zowel Martin als Paul lachten – toen was hun verbond intact, toen was alles nog intact. En dat was geluk geweest, dacht hij. Ja, dat was het beste dat hij had gehad.

Hij bleef minutenlang roerloos, zijn blik op het water. Hij voelde de zon op zijn gezicht, de bries die als een veertje langs de haren op zijn armen streek. Maar onder zijn huid bleef de schurende pijn, het gevoel dat er aanhoudend elektrische schokjes door zijn aderen schoten. Hij kreeg de voorstelling, meer een schaduw van een voorstelling, dat het beeld dat je van je leven had, die zeventig of tachtig jaar – dat dat volslagen privé was, en dat je daarin opgesloten was, altijd, dat zelfs al vertelde je alles over je leven tegen een ander, dit beeld toch hoogstpersoonlijk en eenzaam zou blijven, en dat het enige waaraan iemand in een zucht tot onsterfelijkheid gehecht kon zijn die eenzaamheid was. Uiteindelijk, dacht hij, deelden alle mensen op de wereld maar één enkel klein ding met elkaar en dat was de tijd, dit moment, het ogenblik waarin ze leefden en waarin ze werden voortgesleept – ze deelden het met elkaar als willekeurige reizigers een rijtuig van een trein.

Hij klemde zijn vingers om de steen. Hij voelde zich uitgeput. Hij stelde zich opnieuw voor hoe hij zo dadelijk, binnen nu en een uur, de nieuwe Lotte zou ontmoeten; dat dan de oude vervaagde en er een bleke naglans van zijn herinneringen en gedachten aan haar in hem zou achterblijven, krachteloos als van een maan in daglicht. Opeens gooide hij met een abrupte beweging de steen – hard, in een rechte lijn, midden in de zon. Flof. Het licht barstte, het spatte in vonken uit elkaar en rende in snoeren van felle schittering alle kanten uit, bleef toen gaandeweg als verbijsterd hangen op de golfslag, herstelde zich aarzelend, trok zich omzichtig samen in steeds compactere rimpels en keerde als onaangeroerd terug. Hij bleef kijken, kreeg een getergde stemming over zich. Het was of het oog van de zon hem lui aanstaarde, naar hem terugstaarde, of er een stroperige, boosaardige aanwezigheid achter stak die zijn kleinheid en tijdelijkheid bespotte. Hij moest opeens lachen. Paul, dacht hij, beste dwaze optimist, je kunt het nog zo hard willen maar het bestaat helemaal niet – die onsterfelijkheid van je. Je kon proberen wat je wilde maar je stierf toch al voortdurend tijdens je leven; steeds greep je vooruit naar de ene kant terwijl aan de andere kant even onvermoeibaar stukjes van je werden afgeknabbeld en tijd, bewustzijn, was niets anders dan het machteloos om zich heen graaien van het verstand en bestond niet, kon nooit bestaan, als iets blijvends. Verzet tegen de dood was onzinnig, doodgaan was niks anders dan voor de zoveelste keer afscheid nemen van iemand die je niet langer kon zijn; en misschien was wat hij deed, zijn tegenzin dat beeld van Lotte los te laten, nog het meeste dat aan verzet mogelijk was. Hij richtte zijn blik in de verte, zag een grote statige meeuw, grauw met zwarte vleugeltoppen, rakelings over de waterspiegel scheren. Ja, dacht hij; als zo'n beest te zijn – zo zorgeloos, stompzinnig onwetend en vrij. Maar toen de vogel een bocht maakte en terugkwam en hij de kop zag, scheen hem toe dat het dier misschien wel onophoudelijk werd verteerd door honger en haat. Hij smeet opnieuw een steen; het licht werd verbrijzeld, greep met gloeiende tentakels om zich heen, vrat zichzelf weg in schichtige vlammen, verstarde – en hervond zich even plotseling, grijnsde hem binnen de kortste keren weer loom en onverstoorbaar vanuit het water aan.

Terwijl hij zo stond, en in de plooien van het licht staarde, schrok hij op; want wat had hij nog, wat was er nu al van haar uit hem verdwenen? Daar, heel duidelijk, verscheen in elk geval nog de Lotte die, meer dan hij of enig ander van hun groepje, geïnteresseerd was in de maatschappij, in buitenwereld, politiek – maar daarin zo'n ongeleid projectiel was dat ze nooit echt iemand meekreeg. En de Lotte die iemand om een klein ding voor altijd kon laten vallen en tegelijkertijd die pijnlijke neiging tot verafgoden bezat, een felle loyaliteit die zo schaamteloos en kitscherig aandeed, dat je geen geduld en begrip meer had voor de eigenheid ervan. En de Lotte van wie je je kon voorstellen dat ze in de kern altijd alleen zou zijn – wat besloten lag in de combinatie van haar ongeduld en absoluutheid.

Lotte in een ijssalon; ze dacht lang na bij het bestellen en veranderde dan nog drie keer van smaak en zijn ergernis, die van de Italiaan achter de toonbank en een hele rij wachtenden gingen volkomen langs haar heen. Lotte die jongens van zich afhield door enthousiast te zeggen dat ze als twee druppels water op haar vader leken, en dat ze niet kon wachten hen met elkaar kennis te laten maken. Lotte die een sigaar rookte op haar examenfeestje en hem niet wilde toegeven dat ze daarvan over haar nek was gegaan en om vijf uur 's ochtends, midden in de zitkamer met een stuk of twintig medegeslaagden – vrijende stellen, anderen sliepen hun roes al uit, hij was de enige die luisterde – met dubbele tong zei hoe zij het zag: dat leven niets anders was dan een lucifer die werd afgestreken maar je moest die vlam gebruiken om iets anders mee aan te steken, als je te lang wachtte ging hij uit en was het te laat. Lotte, die zich bij het horen van een goede grap of bizarre anekdote als een kerel zo uitbundig met haar handen op de knieën kon slaan.

Hij keek op, keek met een gekweld gevoel naar de horizon. Hij herinnerde zich zijn gedachten in de trein en kreeg voor zich hoe, als er niets meer zou leven en het laatste bot op aarde verkruimeld was, de zon en die zee nog steeds bestonden. Hij voelde wrevel in zich opwellen; gooide een steen in het licht, en toen nog een. Vonken schoten alle kanten uit, het licht kromp ineen, kronkelde, verzwolg zichzelf, verdween naar de zeebodem, keerde sluipend maar onweerstaanbaar terug. Hij gooide de laatste steen. Hij werd gebroken, en weer gebroken – toch bleef de zon in het water. Hij keek om zich heen, rond zijn voeten. Hij stak zijn hand in zijn linkerbroekzak en haalde de kiezel te voorschijn. Hij staarde er een moment naar, zag hoe het zonlicht over het gepolijste oppervlak streek, pakte hem toen in zijn andere hand en smeet hem laconiek in het licht. Flof. Hij stapte naar achteren. De weerspiegeling van de zon schoof mee; de zee veranderde van gedaante – leek niet meer vloeibaar maar van een andere materie, een stof als een huid die onder spanning stond en elk moment kon openbreken.

Opeens drong tot hem door dat er nog iets aan het water was veranderd: toen hij hier kwam, had het zich meer dan een meter onder hem bevonden – nu kwam het tot zijn voeten. Hij deed verbaasd nog een stap naar achteren. Het volgende ogenblik draaide hij zich om. Hij keek de baai in, naar het strand, de richting waaruit hij was gekomen. Op de plek waar zijn koffer had gestaan, was de zee.

7

Hij liep vlug over de plaat, sprong op het zand. Hij moest een omweg maken; het strand was gekrompen – de vloedlijn was minstens twintig meter verschoven en waar hij tevoren met de anderen had staan praten, golfde en kolkte donker water.

'Hee!' schreeuwde hij al lopend. Ginds, bij de andere punt van de halve maan die hard op weg was een sikkel te worden, boven op een lage, kaarsvetachtige rotsformatie aan de voet van de steile klifwand, zat Martin gehurkt naast zijn dochtertje. Paul was daar ook, hij stond een paar meter hoger met zijn kin op zijn borst naar iets voor zijn voeten te kijken. Zijn rugtas lag achter hem. Ze gingen zo op in wat ze aan het doen waren, dat er pas bij de derde keer dat Vincent riep een reactie kwam: Martin keek op.

'Martin!' riep Vincent. Hij bleef even staan, zette zijn handen om zijn mond. 'Hebben jullie mijn koffer?!'

Martin riep niet terug, keek alleen. Hij draaide zich om, op een manier of hij nog iets tegen Fiona en Paul zei, stapte vervolgens van de rots op een lagere en kwam terwijl hij zijn handen afsloeg en langs zijn broekspijpen veegde Vincent tegemoetgelopen.

'Mijn koffer!' schreeuwde Vincent met overslaande stem toen ze elkaar naderden. 'Waar is mijn koffer?'

Martin gaf geen antwoord, hoewel hij hem nu toch moest kunnen verstaan. Vincent zag, terwijl hij begon te hollen, dat het strand waarop zij zich bevonden geïsoleerd raakte van het volgende.

'Hebben jullie mijn koffer,' zei hij hijgend toen Martin voor hem stond.

'Nee,' zei Martin. Hij keek ernstig.

'Paul ook niet?'

Martin schudde vluchtig van nee, knipperde met zijn ogen, keek opzij. Vincent keek mee. Water – overal energiek bewegend, zonovergoten water.

'Dat kan toch niet,' zei hij ongelovig. Hij zette onwillekeurig zijn handen in zijn zij en gaapte Martin aan. Die reageerde niet, bleef zoekend naar de zee kijken. Vincent grinnikte hoofdschuddend – het kon domweg niet wat er nu gebeurde; dat hem dit overkwam. Hij verwachtte een oplossing, een verklaring die alles herstelde. Ze deden een paar stappen achteruit omdat een golf die verder kwam dan de vorige bijna over hun voeten spoelde. Langs de rand van zijn bewustzijn schoot een situatie van lang geleden, toen in zijn eerste studiejaar zijn fiets werd gestolen en hij nog dagenlang in de stad naar andere fietsen keek in de overtuiging vroeg of laat de zijne te zien opduiken. Het volgende moment drong het door – wat er allemaal op zijn laptop stond, wat een vreselijk gezanik en gedoe het zou zijn een nieuw paspoort te krijgen, en nieuwe pasjes, kleren.

'Maar – had je niet even kunnen waarschuwen?' zei hij terwijl hij van links naar rechts over het water tuurde. 'Mijn laptop en mijn paspoort, alles zit er in verdomme! Wat moet ik nu?'

Hij schoot opeens in de lach. 'Het is een geintje hè,' zei hij. 'Zeg het maar – is het een grap? Van Paul zeker?'

Martin lachte niet mee. Hij ademde zichtbaar in, keek geconcentreerd naar een punt onder de horizon en zei met een gespannen trek om zijn neusvleugels: 'Ik had er niet aan gedacht.'

Vincent keek Martin aan. De zekerheid verspreidde zich als een kramp door zijn buik. Nee – Martin was bloedserieus, zou nooit zo lang in een grap meegaan. Dat kon hij niet, ook niet als hij wilde, daar was hij domweg te rechtlijnig voor. Hij bleef Martin aankijken. Het was uiteindelijk allemaal wel overkomelijk en herstelbaar, maar het mengde zich met het idee dat hem iets verschrikkelijk onrechtvaardigs werd aangedaan. Dingen gingen niet mis bij hem, tenminste niet op zo'n lullige manier.

'Waar heb je niet aan gedacht,' zei hij. 'Dat het water hier zo vlug opkomt? Bedoel je dat?' Hij voelde zich sarcastisch en onbuigzaam worden. Hij zag de Martin van destijds voor zich, die altijd alles zo goed wist en alles voor iedereen regelde en dan van zijn bezadigde goedkeuring voorzag en daarmee doorging zelfs als je er keer op keer misbruik van maakte en hem voor joker zette.

'Moet ik dat geloven,' zei hij met een glimlach, 'dat jij even niet precies weet hoe dat hier gaat met eb en vloed?' Martin werd rood. Hij trok met zijn mond, krabde met de nagels van zijn ene hand aan de rug van zijn andere. 'Wat is eigenlijk de bedoeling,' ging Vincent verder. Martin deed een stap opzij, Vincent bleef staan, draaide alleen mee. 'Blijf staan man!' snauwde hij spottend. Hij voelde het water koud om zijn enkels stromen en onmiddellijk in zijn schoenen en sokken dringen; de golf trok aan hem toen hij weer teruggleed.

'Wat is de bedoeling,' herhaalde hij onverstoorbaar. 'Waarom zijn we hier eigenlijk? Waarom doen we deze wandeling? Je hebt het allemaal van tevoren zo gepland hè? Waarom zijn we niet eerst naar je huis gegaan – we hadden toch ook eerst gewoon onze spullen kunnen neerzetten en dan jouw mooie strandwandeling kunnen maken? Het is hier toch vlakbij? En waarom loop ik –' hij maakte een gebaar om zich heen, keek langs Martin naar de kliffen. Voor het eerst viel hem op dat op een paar meter hoogte, boven een duidelijk afgetekende scheidslijn, het gesteente aanzienlijk lichter was dan eronder. 'Kijk!' riep hij uit. 'Je kunt verdomme zien hoe hoog het water komt! Misschien verzuipen we hier wel! Is dat je geweldige plan? Nou, applaus, erg origineel – en mag ik dan nu mijn koffer terug?'

Martin keek ook naar de streep, Vincent zag dat hij schrok en meteen in de richting van zijn dochtertje keek. Martin stak zijn hand in de lucht, gebaarde haar te komen. Vincent bleef onafgebroken naar hem kijken. 'Ja? Wat nu?' hield hij vol. Hij stapte soppend in zijn schoenen tegelijk met Martin een paar meter weg van het opkomende water. Hij keek opzij, zag hoe in de verte Fiona alle tijd nam om van de rotsen te klauteren. Paul was nergens te zien. God wat een gedoe, klonk het ergens in hem alsof hij zichzelf over een ander hoorde praten. Wat een pech, wat een ontzettend stomme situatie! Hij zag dat Fiona onder aan de rotsen bleef staan; iets had haar aandacht getrokken. Ze bukte zich, raapte iets op.

'Godallemachtig,' zei hij opeens. 'Ik geloof het niet! Ik geloof het gewoon niet. Die baai – de baai bij Swansea, die lag helemaal droog. Dat zie jij elke dag; daar werk je toch? Dan zul je toch zeker wel één keer hebben gehoord dat je hier niet veilig kunt wandelen omdat de vloed zo opkomt? Geen idee waarom je hier niemand tegenkomt – nou, ik wel!' Zijn blik viel op Martins schoenen. Hij droeg bergschoenen – misschien droeg hij die dagelijks zoals Paul, misschien ook niet. Opnieuw zag hij Martin zoals die was op zijn twintigste, of tweeëntwintigste

– iemand die zich in gezelschap gedroeg als een rondzoemende bromvlieg. Hij wist gek genoeg niet of ze dezelfde leeftijd hadden, dat had hij nooit precies geweten. Martin vierde nooit zijn verjaardag, sprak nooit over broers of zussen zodat je ook niet daaruit kon afleiden hoe oud hij zelf was. Wat wist hij wel? – dat Martins vader een carrosseriebedrijf had; dat hij onopzettelijk (dat had hij in elk geval één keer duidelijk gehoord en gezien) iemands toon en accent begon over te nemen wanneer ze een tijdje in gesprek bleven; dat hij zenuwachtig werd als je iets over zijn kleding of de spullen op zijn kamer zei; dat hij – daarstraks ook in de stationshal – tegen je aan kon praten met zo'n luide stem dat het leek of hij dacht dat je helemaal alleen was. Hij zag in enkele ogenblikken een complete reeks indrukken voor zich oplichten, momenten waarin Martin aanwezig was geweest: 'Kom op jongens, kwart voor zeven – wat willen jullie vandaag, klimmen of slapen?' 'De evolutietheorie heeft zijn zwakke plekken.' 'Wilskracht is het enige van belang in een karakter.' 'Ik kan het beste met Lotte mee, ik ben de enige zonder rijbewijs.' De voorstelling stokte bij dat laatste. Ze hadden geloot en stom toeval had bepaald dat hij met Paul terugreisde – en tegelijkertijd leek het geen toeval, door het dwingende van Martins ernst, die hij een beetje belachelijk had gevonden maar die wel maakte dat Martin altijd zijn zin kreeg. Hij zag de foto weer voor zich. Lotte was veranderd. Maar Martin, dacht hij, Martin was precies dezelfde. Had Martin het gezien zojuist, zijn verbazing? Dat kon bijna niet anders – maar hij had niets laten merken. En toen waren ze elk een andere kant uit gelopen en had hij zijn koffer laten staan. Een stekelige achterdocht sijpelde in zijn gedachten. En terwijl hij naar Martin keek, voelde hij een onweerstaanbare aandrang opkomen iets vernietigends te zeggen. Als tegenwicht voor wat hem overkwam, voor alles. Maar hij hield zich in. Precies op dat moment begon Martin echter verontschuldigend: 'We wonen hier nog maar net. We zijn voornamelijk in huis bezig geweest, ik heb hier nog maar een paar keer gelopen. Geloof me, als ik had geweten –' en er kwam een reep tandvlees bloot en die zo vertrouwd ontwijkende marsepeinen glimlach maakte Vincent van het ene op het andere moment ziedend. Hij deed een stap naar voren, bracht zijn gezicht tot vlak voor dat van Martin. 'Zeg eens,' zei hij fel. 'Waarom is Lotte iets met je begonnen? Weet je dat eigenlijk wel, hoe dat ging? Dat zal ik je vertellen. Ze was verliefd op mij – in Noorwegen. Ze was al die tijd smoorverliefd op mij en een week later had ze iets met jou. Hoe zit dat?'

Martin zei niets. Hij bewoog zich niet, keek hem alleen maar met een gepijnigde uitdrukking aan. Vincent voelde geen mededogen, hij zocht verwoed naar meer brandstof om het vuur van zijn razernij te voeden. Hij hoorde zichzelf snuiven, wat hem opeens mateloos stoorde. 'Geloof jij nou echt,' zei hij langzaam en nadrukkelijk, 'dat iemand als Lotte –'

'Papa!' hoorde hij. 'Papa kijk!'

Ze keken allebei opzij. Fiona kwam over het strand naar hen toe gelopen, ze wees met gestrekte arm. Daar, verrassend dichtbij, dreef heel bedaard, als een aanspoelend stuk wrakhout op de vloed, de koffer. Vincent bedacht zich geen seconde en liep met grote passen het water in. Op het moment dat hij de koffer bijna bereikte stokte iets in de zee, de koffer draaide speels in het rond, glipte net voor zijn graaiende handen weg, verdween onder het oppervlak en dook weer op en schoot vervolgens met een soepele ruk achteruit, verder van het strand. Vincent bleef staan; hoewel het water niet verder dan zijn liezen kwam stokte zijn adem, want het was verschrikkelijk koud. En terwijl de kou door hem heen trok, en de hitte van de zon gelijktijdig zijn gezicht bestraalde, en de over elkaar klimmende vlakken water hem als vloeibare scherven omringden en tegen hem aandrongen, zag hij dat de koffer ook tot rust kwam en een meter of tien van hem af bleef drijven. Vincent deed een stap, aarzelde. Hij kreeg de gewaarwording die hij daarvoor had gehad op de steenplaat: dat hij werd bespot. Alles om hem heen flonkerde, fonkelde, nodigde uit verder te stappen en deel uit te maken van een uitbarsting van pure vreugde. Hij voelde dat achter zijn rug Martin naar hem stond te kijken, wat hem onmiddellijk weer alert en giftig maakte. Het was het beste als Martin nu gewoon opdonderde; op de een of andere manier weerhield zijn aanwezigheid hem ervan naar voren te duiken en het laatste stuk te zwemmen. Hij merkte dat het water weer omhoog ging, er kwam een nieuwe golf – die de koffer zomaar, heel beheerst en gelijkmatig, recht op hem af schoof, hij kon blijven staan waar hij stond, hoefde alleen maar zijn armen te spreiden en hem op te vangen.

Zodra hij hem beethad, probeerde hij de koffer met twee armen voor zich omhoog te tillen. Hij was loodzwaar – het zoute water was binnengedrongen, liep er in vuilgroene straaltjes uit. Maar het raakte Vincent niet, een norse vastberadenheid kwam over hem, hij wilde er nu vanaf – van de hele geschiedenis. Er was iets onomkeerbaars gebeurd maar hij voelde geen spijt. Hij had de situatie gegrepen en hij zou niet meer loslaten. Hij draaide zich om en waadde terug naar het strand. Liep zonder een woord langs Martin heen, zette de koffer voor zich op het zand, liet zich er op zijn knieën voor vallen en klikte hem open. Haalde zijn kletsnatte paspoort en zijn portefeuille uit het doorweekte jasje. Legde zijn hand op de laptop – maar trok die weer terug en pakte in plaats daarvan de fles Japanse whisky. Hij rukte de feestelijke cellofaanverpakking er vanaf, schroefde de dop los, dronk twee, drie grote slokken en voelde een gloeiende stroom door zijn slokdarm gaan. Hij veegde met zijn hand langs zijn mond, draaide de dop weer vast en legde de fles terug. Hij hield de koffer scheef zodat al het water eruit liep, bleef een paar tellen zo zitten, smeet toen ook zijn paspoort en portefeuille weer terug, klapte de bovenkant op de onderkant en drukte het slot dicht, stond op, greep de koffer bij het handvat en liep ermee naar Martin.

'Je wilde hem toch zo graag een tijdje dragen? Ga je gang.' Hij duwde het ding in Martins handen, draaide zich om en liep weg, in de richting van waar de afstand van de kliffen tot de zee het grootst was. Daar was ook een vooruitgeschoven, in de zon bakkende rots waar hij zijn knellende schoenen kon uitdoen en zijn sokken te drogen kon leggen.

8

Alpinisme had iets raars, iets dat verder alleen bestond in oorlog. En dat was dat je risico's nam, zelfs je leven waagde, in gezelschap van mensen die goedbeschouwd vreemden voor je waren. Wie had dat gezegd? Alpinisten, was er gezegd, stierven soms in de armen van iemand van wie ze de achternaam niet eens kenden, ver van huis en geliefden, in de wildernis van een vreemd land, precies als soldaten. Wonderlijk hoe zulke uitspraken zich in je geheugen konden hechten. Al met al was hij natuurlijk nooit zo'n alpinist geworden voor wie dat uiterste lot er in zat; dat gold ook voor de anderen. Lotte – het was Lotte geweest, in een café toen er een klimafspraak werd gemaakt en een groepje werd samengesteld, al te achteloos naar haar mening. En hij had haar dramatisch gevonden maar ze had gelijk, dacht hij nu grimmig terwijl hij van de zee wegliep. Dat had ze verdomd goed gezien. En dús, knikte hij voor zich uit terwijl hij er een moment ook nog zijn vuist bij balde, dus was er vandaag ook niks verpest. Het had nooit bestaan; ze hadden als studentjes samen een paar reizen gemaakt maar hij was nooit echt bevriend geweest met Martin en trouwens ook niet met Paul.

Hij kwam bij de voet van de klif, blikte naar boven – een steile, weghellende muur van vijfentwintig, dertig meter hoog met de kleur van oud staal waar de warmte van een volle dag zon voelbaar vanaf sloeg. Hij trok zijn veters los, leunde met een hand op het half uit het zand stekende rotsblok dat hij al vanuit de verte had gezien. Het was bevrijdend het zand onder zijn blote voeten te voelen; tegelijkertijd kwam een droge vermoeidheid van de reis over hem. Hij draaide zich om, zag Martin langzaam naar de plek lopen waar hij daarvoor met Paul en Fiona was geweest. Fiona had zich over de koffer ontfermd, ze probeerde die op de wieltjes achter zich aan te trekken. Ze keken geen enkele keer in zijn richting. Het water steeg niet verder, zo leek het – maar het zou nog wel even duren voor de doorgang naar het volgende strand vrijkwam. Waar was Paul eigenlijk? – ook dat deed er niet wezenlijk toe. Hij overwoog zijn natte broek uit te trekken maar liet het zo, rolde alleen de pijpen op. Hij klom op het platste deel van de rots, ging zitten en strekte zijn benen, voelde zich als een reptiel dat zich liet verwarmen door de zon. Hij ging plat op zijn rug liggen, staarde in de lucht en realiseerde zich dat hij dit, deze situatie waarin van alles misliep en vooral ook die plotselinge suggestie van gevaar daarstraks bij het vollopen van de baai, twintig jaar geleden prachtig zou hebben gevonden.

En hoe nu verder, ging het door hem heen. In het uiterste geval kon hij zijn excuses aanbieden en het gooien op slaaptekort. Of op het besluit zijn baan in Japan eraan te geven, de jammerlijke schipbreuk van zijn carrière. Maar nu nog even niet, dacht hij terwijl hij zich op zijn rechteroor draaide en zijn hand onder zijn hoofd trok. Vlak voor hem liep over het gesteente een groenglanzende vlieg. Af en toe stond hij stil, wreef vergenoegd met zijn pootjes, trippelde zonder duidelijk doel maar vlug en vol welwillende ijver verder. Vincent bleef kijken, blies het insekt met kracht weg toen het zich te dicht bij zijn mond waagde. Hij draaide zich weer op zijn rug, voelde de warmte en de zachte bries op zijn gezicht en gaf zich over aan de sensatie dat de klifwand, aan de bovengrens van zijn blikveld, over hem heen begon te vallen. Hij sloot zijn ogen. Voelde zich een beetje licht van de alcohol. Ik had die fles niet moeten terugstoppen, dacht hij.

Hij zag Lotte voor zich, vandaag, in haar huis. Ze was alleen, liep door pas gestucte kamers. Hier en daar stonden verhuisdozen, alles rook naar nieuw. Langs bollende gordijnen sloop het geluid van de zee, de melancholieke kreet van een meeuw vulde de lege blauwe middag. Hij hoorde nu ook in werkelijkheid een meeuw, vlakbij; hij opende zijn ogen – het geluid, een snijdend *waaaa-hahahaha,* leek toch eerder sarcastisch dan weemoedig. Hij richtte zich half op en zag Martin en Fiona als silhouetten tegen de bronzen schittering van het late licht. Ze bleven daar dus wachten tot ze erdoor konden. Hij ging liggen, maar kwam meteen weer overeind.

Hij greep zijn sokken, wrong ze nog eens goed uit en deed ze aan. Hij liet zijn schoenen waar ze waren. Hij ging boven op het blok staan, keek omhoog en las de klifwand, zocht richels en spleten. Genoeg, dacht hij. Meer dan genoeg. Naar links of rechts kon ook, het was overal even pokdalig maar hier, recht voor hem, was het net iets minder steil en minder hoog, zonder meer het geschiktste punt van de hele baai – hij zag de grashalmen over de rand steken. Op enkele plekken zaten keien die misschien loskwamen wanneer je eraan trok maar voor het grootste deel leek het gesteente betrouwbaar. Hij keek nog eens vluchtig om naar Martin en Fiona. Bukte zich, pakte zijn schoenen. Liep over het rotsblok, sprong er aan de andere kant vanaf. Hij knoopte de veters aan elkaar en hing zijn schoenen om zijn nek. Bij nader inzien trok hij zijn sokken weer uit en propte ze in zijn broekzakken. Hij legde zijn handen tegen de rots, zocht houvast, kromde zijn vingers, zoog zijn longen vol. Hij plaatste zijn tenen op een ondiepe richel, en zette af.

Het was er weer, meteen – het intense dat het klimmen destijds had gegeven, de overweldigende sensatie van vrijheid en geluk, waarin niet je voeten en handen de berg beklommen maar waarin de rots en de hemel en de zuivere lucht je leken mee te nemen – mee, mee omhoog. Een roes, een omarming van vergetelheid waarin je echter tegelijkertijd meer dan ooit leek te leven, waarin al je zintuigen tot verrukking werden gebracht. Want wat een genot was het stoffelijk te zijn, een lichaam te hebben en dat zo te voelen – elke aanraking, elk pijntje zelfs; wat een genot je spieren te kunnen aanspannen en met gebalde energie meter na meter soepel naar boven te grijpen. De sensatie werd nog verhoogd door het contact van zijn blote vingers en voeten met de kale steen, die trouwens helemaal niet zo warm aanvoelde maar juist bij elke aanraking warmte uit hem leek te zuigen – en ook dat paste precies in zijn herinnering. Hij had er dus naast gezeten, ging het door hem heen, hij had niet alleen maar geklommen om zijn hoogtevrees te overwinnen. Het was meer geweest maar hij had het niet gezien.

De klif liet zich goed beklimmen. Vincent klauterde nu meteen ook weer op zijn eigen manier – een en al instinct, handen en voeten ver uit elkaar. Hij begon er enorm bij te zweten, dat was het enige verschil. De schoenen zaten soms in de weg – maar niet echt hinderlijk. Binnen de kortste keren was hij halverwege. Als hij zo dadelijk boven was zou alles zichzelf wijzen; hij moest naar links, hooguit een halve kilometer over het plateau, en daarna verscheen er een slaperig dorpje of misschien stond het huis daar gewoon helemaal alleen, tussen een paar verwaaide boompjes, met een tuinhek en uitzicht op zee. Het zou zichzelf wijzen, hij zou er als eerste zijn. Hij reikte naar een keurig horizontale, scherpe inkeping rechtsboven, veegde met zijn vingertoppen wat los gruis en zand weg voor hij zich echt aan dat punt vasthechtte, even terugveerde en zichzelf beheerst en gelijkmatig optrok. Daar was een volgend steunpunt, al even gerieflijk gepositioneerd. Hij trok aan een van de schoenen zodat ze weer min of meer naast elkaar om zijn nek bungelden. Natuurlijk zou hij het huis herkennen. Het zou zich onderscheiden door iets van haar, hij zou er zo naartoe lopen. Misschien stond er een deur open en kon hij simpelweg binnenstappen. Het zou zijn herinneringen wegvagen – er was geen alternatief.

Nog een meter of zes. Het middendeel van de klim was ronduit eenvoudig geweest maar dit laatste stuk was iets steiler, steiler ook dan hij had verwacht. Hij hield zijn hoofd achterover om overzicht te krijgen en schatte de route – hoe had hij het zich vanaf de grond voorgesteld? Ja, daar zag hij de steunpunten die hij beneden had gezien. Het was te doen. Kom, sprak hij zichzelf toe. Een paar meter. De euforie kwam terug, hij was onoverwinnelijk, hij bestond uit stalen vezels. Hij concentreerde zich, reikte, klom verder, halve meter na halve meter. Het ging met blote voeten beduidend beter dan op schoenen – de directe aanraking van je huid met de steen gaf het gevoel dat je er bijna aan vast kleefde, en deel begon uit te maken van de rots. Daar was de rand. Hij moest zich helemaal rekken, vond houvast, hing een moment aan de vingertoppen van zijn beide handen, grabbelde met zijn voet, trok hem bij.

Hij tastte boven zijn hoofd. Hij harkte met zijn vingers door gras, ontdekte dat het in kurkdroge aarde groeide, die bij aanraking deels in kruimels uiteenviel en (hij draaide net op tijd zijn gezicht weg) tussen hem en de rotswand omlaagsneeuwde. Hij wachtte, greep opnieuw – zelfde resultaat. Hij stond ook niet zo comfortabel, de helling was goedbeschouwd niet onoverkomelijk steil maar het was net te ver, net te hoog om zich van hieraf veilig te kunnen rekken, zijn ellebogen boven op het gras te draaien en zich dan zo verder op zijn borst omhoog te wrikken. Hij zocht naar een hoger steunpunt voor zijn voeten maar dat was er niet, tenminste niet binnen bereik, wel een paar meter naar links of naar rechts op de rotswand – maar dan moest hij terug, misschien zelfs eerst weer helemaal tot beneden. Hij greep opnieuw boven zich in het gras en boorde met enige moeite zijn vingers door de onderlaag, tot hij met zijn nagels op de rots kraste. Die bleek glad, en liep bovendien schuin omhoog van hem weg. Hij realiseerde zich dat het gras en de aarde zich niet werkelijk aan deze rots hadden kunnen hechten maar met elkaar een laag vormden die het oppervlak bedekte zoals een toupet een kale schedel. Hij tastte opnieuw, nu naar links, zocht reliëf in het onderliggende gesteente. Hij vond niets, moest zijn poging hoe dan ook staken omdat een van de schoenen om zijn nek pijnlijk hard tegen zijn borstbeen drukte. Hij veerde terug, tuurde omhoog terwijl hij zich met twee handen aan de rots klemde. Een vlieg landde op het puntje van zijn neus; hij keek er scheel naar, blies met vooruitgeschoven onderlip, de vlieg schoot weg maar kwam meteen weer terug en bleek ongevoelig voor nog een keer blazen. Pas toen hij zijn neus tegen de rots drukte en een tijdje zo bleef staan, bleef de vlieg weg.

Het ging niet. Hij moest terug. Hij keek voorzichtig over zijn schouder, zag dat het water zich al iets had teruggetrokken en dat het strand weer groter werd. Martin en Fiona waren verdwenen. Hij keek tussen zijn voeten door omlaag en zocht de laatste plek waarop hij zijn voet had gezet – en kreeg op hetzelfde moment een schok, die in een kramp naar zijn benen schoot. Want hij had een fout gemaakt, de klassiekste en meest amateuristische klimmersfout die er bestond: hij had in al zijn bezieling niet verwacht dat hij zijn doel niet zou bereiken, en geen moment stilgestaan bij een eventuele route terug. In het middenstuk van de helling zou dit niet zijn afgestraft – daar kon hij zich desnoods zelfs een eind op zijn buik naar beneden laten glijden. Maar hierboven, op dit laatste steile deel, was dat ondenkbaar. Hij zag de plek schuin onder zich, een keurige kleine uitstulping als een omgekeerde neus, waar hij even tevoren op had gestaan en waar hij zich helemaal had kunnen rekken. Nu werkte de betrouwbaarheid van dat moment juist tegen – de plek bevond zich niet recht genoeg onder hem om te kunnen gaan hangen en er zijn voet op te zetten, en als hij losliet zou hij meteen met een rotvaart omlaag gaan, geen denken aan dat iets hem zou stuiten. Hij herinnerde zich een stelregel uit een prekerig instructieboekje: dat voor het afdalen je hoofd aan de verkeerde kant van je lichaam zat en dat je daar altijd rekening mee moest houden. Het was Martin die dat soort wetenswaardigheden, liefst tijdens het eten, rondkakelde.

Hij keek voor zich, naar de scherpe contouren van zijn hoofd, door de zon op de rotswand gedrukt. Hij rook zijn eigen zweet. De natte broek begon in zijn kruis te schrijnen. Hij zag twee mogelijkheden. De eerste was dat hij boven zich overal het gras en de aarde lostrok en langs zich liet vallen in de hoop dat ergens in de vrijkomende rots een richeltje zat waaraan hij zich kon optrekken. Als opeens de hele plag loskwam zou hij zonder pardon worden meegesleurd. Tweede mogelijkheid was, dat hij door zijn knieën ging en zich zo manoeuvreerde dat hij met al zijn gewicht aan zijn vingertoppen hing aan de richel waarop hij nu stond en dan – op hoop van zegen. Op het moment dat hij het bedacht, zag hij de ironie – hij zag hoe hij in elkaar zat: altijd een mogelijkheid openhouden. De tweede mogelijkheid was geen echte; die optie zag hij omdat hij was zoals hij was.

'Jezus,' mompelde hij opeens voor zich uit. Want het zou compleet lachwekkend zijn als hij zijn nek brak, hier – niet op de K2 of de Eiger of tenminste op een echte berg maar hier, op een truttig randje dat vijf kilometer uit de kust al niet meer te zien viel. Nog een geluk dat geen van de anderen hem hier zag stuntelen met die opgestroopte broek en zijn schoenen als een juk om zijn nek. Hij overwoog een hand vrij te maken, de samengeknoopte veters over zijn hoofd te trekken en de schoenen naar beneden te laten vallen maar legde er uiteindelijk alleen even een bezwerende arm overheen. Hij ademde een paar keer diep in, en uit. Hij ging. Hij hield zich vast met zijn linkerhand terwijl hij met zijn rechter opnieuw behoedzaam in de graslaag tastte. Hij reikte verder, een centimeter of vijf, het uiterste. Hij spreidde zijn vingers, gaf ze meer kracht, drukte ze geklauwd door de toupet, testte de samenhang. Er brokkelde opnieuw wat los maar de laag als geheel bleef intact, leek solide. Nu boorde hij met drie vingers verder; het lukte met enige moeite, zijn vingertoppen raakten gladde koude steen. Hij wurmde zijn vingers iets opzij. Opeens voelde hij dat er beweging zat in de hele laag. Hij trok razendsnel zijn hand terug, drukte zich stijf met zijn gezicht naar beneden tegen de rotswand. Maar nadat er wat gruis op zijn kruin was gevallen, bleef het stil.

Hij verschoof een van zijn voeten een centimeter. Hij staarde in zijn eigen schaduw. Hij hoefde niet omhoog te kijken om te weten hoe de graslaag nu boven hem hing. Een kille angst kneep zijn keel dicht. Hij zag dat hij zich zo krampachtig vastklemde dat zijn knokkels wit werden. Zijn shirt plakte tegen zijn rug. Opeens begon hij over zijn hele lichaam te trillen. Hij werd misselijk, voelde zijn maag omhoog komen. Hij sloot zijn ogen.

Hij zag Lotte. Niet de Lotte van het nieuwe huis, van de foto – Lotte als twintigjarige. Misschien, sprak iets in hem, was dat het meest eigene aan hem geweest – zijn trouw aan de herinnering, de plekken waar haar schaduw had bestaan. En door die gedachte brak als een vlam door dun papier de zekerheid dat ergens waar ze samen waren geweest, misschien op de Lofoten, die in zijn herinnering ook altijd waren gebleven zoals hij ze had gezien, onveranderd zonovergoten, zacht gloeiend in middernachtlicht – dat ergens daar nog een voetafdruk bestond, altijd zou blijven bestaan, van die Lotte, de Lotte van de nutteloze cadeautjes en de felle discussies, de Lotte die hij had gekend.

Hij voelde de zon op zijn achterhoofd en rug. Hij rook de zee. Hoorde het kalme ruisen, afgewisseld met de regelmatige dreun van de branding. Zijn angst week.

Vier

Paul ging rechtop staan, luisterde. Daar – daar was het weer, dat geluid. Hij hoorde het alleen wanneer de wind wat ging liggen: een diep, scherp geraas of eerder nog gekraak, dat korzelig en log op gang kwam, snelheid en helderheid kreeg maar plotseling verdween en plaatsmaakte voor de veel doffere zucht van de branding – tot even later alles van vooraf aan begon.

Hij keek omlaag naar Fiona, die zich uitstekend vermaakte. Hij hees zijn rugtas losjes over een schouder, draaide zich om, stapte van de ene op de andere platte rots, vond een doorgang, liep onderlangs de klif en kwam uit op het volgende strand.

Hij liep langzaam verder, tot in zijn vingertoppen verrukt. Elke stap knarste onder zijn schoenen. Op elke terugglijdende golf ratelden oorverdovend miljoenen door de zee schoongewassen kiezels mee, als druppels van graniet. De gedachte dat hij in deze bodem zou wegzakken en worden opgeslokt, bezorgde hem een korte aarzeling. Maar hij had nooit van zoiets gehoord – drijfzand, dat wel, maar niet van drijfstenen. Hij probeerde zich de hoeveelheid voor te stellen die hier verzameld lag, herinnerde zich door die poging een recent artikel waarin een astronoom schatte dat er voor elke zandkorrel op aarde in het heelal minimaal duizend sterren zijn.

Hij keek naar de zee, naar de gouden en zilveren plassen licht die zich naar de horizon toe samentrokken in een fonkelend pad. De zon stond laag, zou binnen een uur ondergaan. Op het water achter de branding deinden stoïcijns een paar meeuwen. Hij voelde dat zijn gezicht een beetje gloeide. Zijn half opgedroogde haar was stug van het zout, zijn mond was droog. Hij raapte een kiezel op, bekeek hem. Liet de voorstelling tot zich doordringen dat deze steen al oneindig veel langer in die vorm had bestaan dan hijzelf in zijn vleselijke gedaante. Waarschijnlijk lag dit strand er al, precies zo, voor de jaartelling, voor de piramiden, voor alles. Hij zag zichzelf en zijn geschiedenis in vogelvlucht, hij zag zichzelf en de anderen – hun hele leven tot nu toe en verder, tot ze allemaal stokoud zouden zijn, en hoe dan nog steeds die ene zomer in Noorwegen daarvan deel zou uitmaken. Hoe wonderlijk was dat om te beseffen; hoe onvoorstelbaar vreemd was het zoiets te kunnen denken en tegelijkertijd hier te lopen met je eigen schaduw achter je aan en de zee te ruiken en de schok van de brekende golven daadwerkelijk in je kuiten te voelen. En waarom zou daar een eind aan moeten komen? Want het was genoeg: dit landschap, hier te zijn, alleen maar te zijn. Ja, dat zou hij straks in de groep zeggen, voldaan van de reis, aan tafel met eten en drank – en hij kreeg Lotte voor zich met haar hectische, vogelachtige manier van praten, pikkend op elk onderwerp dat werd aangesneden. Lotte die hem misschien nooit zou vertellen hoe het zat, wat het precies was geweest op de Lofoten. Maar het deed er niet meer toe; geen verklaring zou iets afdoen aan wat het in hem had gedaan.

Hij bleef staan, keek rond. Hij was helemaal alleen, het gevoel van eenzaamheid was volkomen. Hij voelde hoe alle zwaarte verdween uit zijn lichaam, tot hij alleen nog bestond uit zintuigen die slechts de afnemende gloed van de zon en het geraas van de kiezels tegen de blauwe stilte van de avond registreerden en hij dacht: dit is het leven dat ik altijd heb gewild. Dit is het.

Deze baai werd niet meer door kliffen omringd maar door groene glooiingen, met hier en daar een wit huis. Ja, waarom niet, dacht hij. Hij voelde zich volstromen met geluk – zo'n ijl, verloren dorpje van losse verspreide huizen, weerloos onder de lucht en dit vreemd transparante licht; hij zou hier eeuwig kunnen blijven. Hij keek de huizen langs. Ook daar was geen mens te zien. Of ja, toch wel – hij zag naast het verste huis, het laatste van het dorp, dat een eindje van de andere af stond, op een terras dat een magnifiek uitzicht over de hele baai moest hebben, iemand lopen en dat, wist hij, was Lotte.

Colofon

Grip van Stephan Enter werd in opdracht van Uitgeverij Van Oorschot gezet uit de Bembo door Perfect Service te Schoonhoven en gedrukt en garenloos gebrocheerd door Hooiberg | Haasbeek te Meppel. Het omslagontwerp werd vervaardigd door Christoph Noordzij.

De auteur hanteert in zijn boeken de spelling van vóór 1996, ofwel van voor invoering van de zogenaamde nieuwe spelling, omdat hij de daarin voorkomende aanpassingen omtrent bijvoorbeeld het gebruik van tussen-n en trema onlogisch en onnodig vindt.

De auteur ontving voor het schrijven van dit boek een werkbeurs van het Letterenfonds.

Over *Grip*

'Het geheim van deze roman zit in de stijl. Enter bereikt door zijn beeldende wijze van schrijven in zekere zin de onsterfelijkheid; er zit bijzonder veel beweging en leven in dit boek.'

– *Het Parool*

'Grootse roman'

– *De Volkskrant*

'Intens is het woord dat van toepassing is op zowel de stijl als de plot van Stephan Enters duizelingwekkende roman *Grip*.'

– Juryrapport Gouden Boekenuil

'*Grip* is een klassiek opgezette roman waarin Enters stijl samengaat met een feilloze compositie, sterke personages, existentiële thema's en een schitterende climax. En twee cliffhangers.'

– *NRC Handelsblad*

'Buitengewoon spannend. De roman is nog lang niet dood, gelukkig.'

– *Nederlands Dagblad*

'Stephan Enters nieuwe roman *Grip* is rijk aan ideeën, klassiek, en diepzinnig, kwaliteiten die in het Nederlandse proza van vandaag schaars zijn geworden.'

– *Trouw*

'Stephan Enter schreef een superieure tijdloze roman over de tijd in fantastisch geformuleerde volzinnen. Kraakhelder en toch vol empathie.'

– *De Pers*

'Een feilloos stilist, die met zijn welgekozen zinnen werelden optilt, deze eventjes ronddraait voor je verbaasde ogen, om ze dan weer met speels gemak te laten verdwijnen. Niet door allerlei taalkundige tierelantijntjes, maar gewoon door heel goed en heel precies te schrijven, met afgewogen beeldspraak.'

– *Reformatorisch Dagblad*

'Allemachtig, wat een boek. Laat het een bestseller worden.'

– *8weekly*

Ander werk van Stephan Enter

Winterhanden, verhalen

Dit debuut van Stephan Enter bevat zes lange verhalen. In elk daarvan wordt, met fijnzinnige humor, een jongen of een man getoond die niet bij machte is om in relatie met anderen het heft in handen te nemen: de jongen die zijn spreekbeurt over zijn postzegelverzameling ziet ontsporen, de student die niet weet hoe hij het uit moet maken met zijn vriendin, de kleinzoon die een moeizame vriendschap met zijn opa ontwikkelt, de scholier die door zijn klasgenoten 'macho' wordt genoemd, de man die zich afvraagt of hij naar de begrafenis moet van zijn vader, die hij al twintig jaar niet meer heeft gezien.

Met uitzonderlijk oog voor details dringt Stephan Enter door in situaties, waarbij hij ogenschijnlijk afstandelijk registreert maar intussen de lezer bij zijn personages naar binnen laat kijken.

'Schitterend oog voor details in een ingehouden en spaarzame stijl.'
– *Juryrapport Libris Prijs 2000*
'Wat een prachtige verhalen schrijft die Stephan Enter!'
– *Algemeen Dagblad*

Lichtjaren, roman

Aan de vooravond van zijn promotie ontmoet natuurkundige Nils Groede een bekende van jaren geleden. Deze ontmoeting brengt een stroom herinneringen op gang aan de tijd waarin Nils een relatie had met de pianiste Hella Roukens, een betoverende, gelukzalige periode uit zijn leven waarvan hij zich alles haarscherp herinnert – alles, behalve het gezicht van zijn geliefde.

In *Lichtjaren* laat Stephan Enter zien hoe een grote liefde teloor kan gaan: waar Nils probeert Hella volkomen te leren kennen gaat zij zich bij hem gaandeweg verlorener voelen. Door zijn monomane observatiedrang ontglipt hem telkens de beleving van het moment. Zijn verlangen zonder reserves lief te hebben blijkt niet opgewassen tegen het onvermogen die liefde vast te houden. Melancholie om wat misschien niet had hoeven mislukken is het thema van deze caleidoscopische roman, die zich afspeelt in uiteenlopende milieus als het conservatorium, een studentenschermvereniging, de sterrenkunde, huisconcerten bij welgestelde families. Met grote precisie weet Stephan Enter deze werelden aanschouwelijk te maken.

'Stephan Enter werkt het klassieke thema van een verloren gegane liefde subtiel uit, via een spel van motieven, variaties en hernemingen die zijn roman tot een raadselachtige puzzel van elementen maken. [...] *Lichtjaren* is een bijzonder geslaagde en gelaagde roman, die noopt tot herlezen, herdenken en vasthouden.'

– *Juryrapport Libris Literatuurprijs 2005*

'excellent geschreven [...] Enter is in het diepe gesprongen en als een rijpere en betere schrijver bovengekomen.'

– *Vrij Nederland*

Spel, roman

In deze opmerkelijke roman, waarin we Norbert Vijgh zien opgroeien van jongetje van ongeveer negen tot een bijna volwassene van twintig, staat in ieder hoofdstuk een spel centraal. Achtervolgingen met vriendjes in het bos; stokjes opdrijven in de beek; schaken leren van een leraar die meer onderwijst dan schaken alleen; rotzooi trappen op de bouw en daardoor in reëel gevaar belanden; scrabbelen en je overtroefd weten – via het spel ontstaat gaandeweg de biografie van Norbert. Een jongen die met overgave de schoonheid van een jeugd ervaart alsof hij al weet dat het leven dan feller, waarachtiger is dan het later ooit zal zijn.

Stephan Enter, bij zijn twee eerdere boeken geroemd om zijn stijl en diepgang, heeft zijn roman zo vormgegeven dat ieder hoofdstuk een eigen sfeer ademt waarbij toon en zelfs stijl steeds licht veranderen – van avontuurlijk tot archaïsch, van dromerig en nostalgisch tot rauw en scherp realistisch. Het maakt *Spel* tot een poëtisch, betoverend boek. Het werd dan ook unaniem lovend ontvangen.

'De tweede roman van Stephan Enter, *Spel*, is een bundeling prachtig geschreven verhalen, een Librisprijs waard.'

– NRC *Handelsblad*

'*Spel* is mooi, teder en indrukwekkend.'

– *Jan Siebelink*

'Enter weet de taal te hanteren als sleutel om toegang te krijgen tot een andere werkelijkheid.'

– *Het Parool*

'Ragfijn, zuiver, elegant. Wat in *Winterhanden* en *Lichtjaren* al zo kenmerkend aanwezig was, heeft hij nu tot ware kunst verheven.'

– *De Volkskrant*